GOBOOKS
& SITAK
GROUP©

GOBOOKS
& SITAK
GROUP©

三日月書版

三日月書版

SOULS x SLAUGHTERS
靈魂
ソウルズ
殺戮
草子信 著
茶渋たむ 繪
05
輕世代 FW400
三日月書版

SOULS × SLAUGHTERS

CONTENTS

楔子 013

第一夜
回家（上） 021

第二夜
回家（下） 045

第三夜
生鏽門（上） 069

第四夜
生鏽門（下） 093

第五夜
活人迷宮（上） 115

第六夜
活人迷宮（下） 137

第七夜
開關 159

第八夜
管理人（上） 183

第九夜
管理人（中） 209

第十夜
管理人（下） 227

後記 247

ソウルズ×スローターズ

+ + + + + SOULS×SLAUGHTERS

SOULS SLAUGHTERS

Souls Slaughters

杜 軒

BARISTA

DU XUAN

Profile

從小就有「預見」能力，可以被動看見尚未發生的事。
聰明有心計，但心地善良，無法棄他人於不顧。

靈魂型態	技能類別
生者	預見者

SOULS×SLAUGHTERS

SOULS SLAUGHTERS

REC

90:12:03 HD

soulslaughters

夏司宇 HYENA XIA SI-YU

Profile

生前是職業軍人，
綽號「不死的鬣狗」。
不苟言笑，總是表現出漠然的態度，但有著不隨便殺人的堅持。

靈魂型態	技能類別
死者	戰鬥專家

SOULSXSLAUGHTERS + + + +

SOULS SLAUGHTERS

Souls Slaughters

徐永遠 XU YONG-YUAN

TELEPATH

Profile

被困在地獄深處的生者靈魂，擁有心電感應能力。
爽朗親切的型男，容易讓人產生好感。

靈魂型態	技能類別
生者	心電感應

SOULSXSLAUGHTERS + + + +

SOULS
SLAUGHTERS
REC
09:09:14
戴仁佑
HUNTER
DAI REN-YOU
Profile
在異空間狩獵的「死者」，生前是盜獵者，遭同伴拋下後落入陷阱死亡。
在異空間的狩獵場待了太久，開始感到厭倦。
靈魂型態
死者
技能類別
獵人
soulsxslaughters
SOULSXSLAUGHTERS

楔子

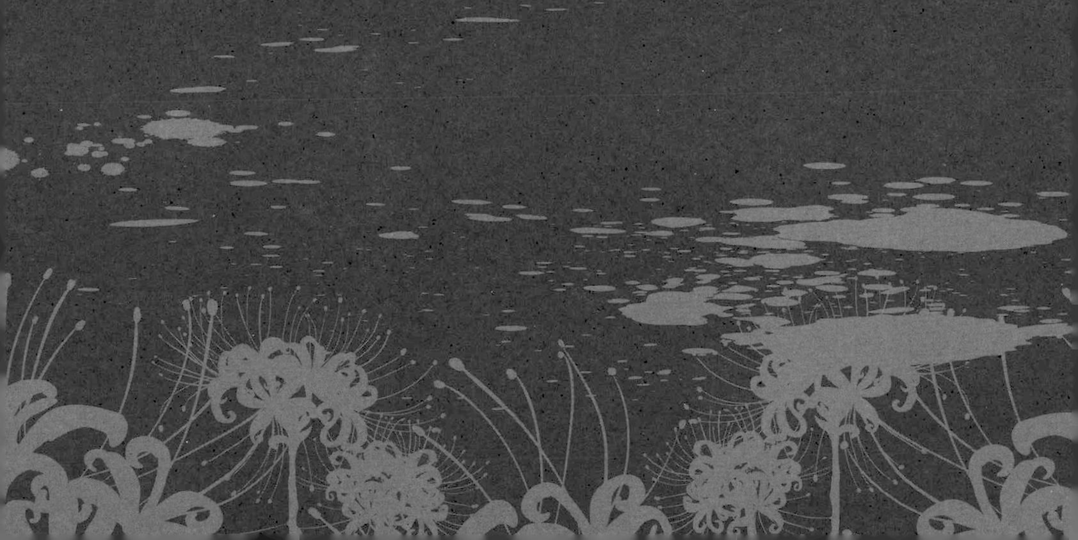

杜軒曾想像過「管理人」會是什麼模樣，因為黑影人的關係，他一直以為「管理人」的形象大概會跟它差不多，但沒想到居然會比想像中還要小巧可愛。

初次遇到牠的時候，杜軒雖然不是很喜歡這隻態度傲慢的小鳥，可是卻總覺得有種親近感，明明不太能夠確定是不是可以信任，他卻在產生疑問的下一秒，果斷放棄對牠的懷疑。

小鳥晶瑩剔透的眼珠子，映照著在場所有人的表情。

意外的是，感到驚訝的只有戴仁佑，其他三人都沒有對小鳥說的話感到意外。

「你說你是……管理人？」

在這衝擊性的告白過去幾分鐘後，徐永遠最先開口。

他抱持著半信半疑的態度向小鳥確認，就跟杜軒剛開始一樣。

「不好意思，單純聽你這樣說，我們不可能會傻傻相信。」徐永遠轉移目光到梁宥時身上，「就算我們的『同類』認同你，也不代表我就會直接點頭說好。」

從小鳥的反應，實在看不太出來牠在想什麼，那雙眼睛連眨也沒眨，就像是失去潤溼眼球的功能，看起來反倒像是鑲在眼眶裡的珍珠。

牠沒有打開鳥喙，而是直接將自己的聲音傳入所有人的腦袋裡面。

那聲音時而低沉的呼吸著，時而高昂地、像是尖叫般，彷彿這隻小鳥並不是「單獨的個體」，而是由許多人的靈魂凝聚而成，這點就跟吸收其他靈魂碎片「黑影人」

十分相似。

「經歷過『上層』生活的靈魂，果然很有個性。」

那口氣聽起來像是在感慨，不太像抱怨，倒是有些惋惜的意味。

小鳥說的形容詞雖然有些古怪，但是並不難理解。

牠直勾勾地看著四人，認真說道：「我明白你們的顧慮，但是請理解我的難處，因為不能讓『那傢伙』知道我在哪。」

小鳥口中的「那傢伙」，不用想也知道指的是「黑影人」。

也就是說牠是為了躲避「黑影人」的耳目才變成打火機的樣子，當作遊戲空間裡的某個不起眼的小道具。

杜軒雙手環胸，冷哼道：「你剛才說什麼『我的』靈魂碎片，這是什麼意思？聽起來我們其他靈魂碎片就像是你的附屬品似的。」

「因為事實確實如此，你們可以把我想成『管理人』的中樞系統，也就是類似於大腦的存在，而你們其他靈魂碎片則是身體裡的各個器官、細胞，只有碎片全部湊在一起，我們才能成為完整的『個體』。」

小鳥邊說邊壓低聲音，警惕似的說：「『那傢伙』希望能夠成為『管理人』的中樞系統，為了不讓他得逞，我只能選擇將靈魂碎片分散到『上層』，雖然這麼做確實可能會製造出一些風險……但這是當時唯一的辦法。」

風險……嗎？

杜軒越聽越覺得不爽，小鳥雖然沒有說得很明白，但他卻能夠理解牠的意思。

徐永遠似乎也有聽出其中的涵義，因為他的臉色比自己還要糟糕。

「你所謂的風險就是讓原本沒有肉體的我們各自成為單一的個體對吧？」

「很聰明嘛。」小鳥笑彎雙眸，「雖說這樣做對『管理人』來說是不必要的，但能打亂『那傢伙』的計畫，所以非常值得。」

「既然你在逃跑的話，為什麼要挑這個時間點出現在我們面前？」

「因為已經沒有必要再隱藏起來。」小鳥回答得非常直接，而且態度很肯定，就像有把握能夠對付「黑影人」一樣。

杜軒和徐永遠不知道牠在打什麼主意，心裡總隱約覺得自己不會喜歡這隻小鳥的計畫。

「『管理人』的靈魂之中，最重要同時也是最強大的四個能力，就站在這裡。」小鳥張開翅膀飛起來，在所有人之間穿梭，同時，一個個唸出牠所等待的那些「能力」的名稱。

「能夠穿梭於空間之中的『傳送』能力；聽見一切並蠱惑內心的『心聲』能力；對過去與未來無所不知的『預見』能力。」

小鳥每說一句話，就各別從他們的身邊飛過。

牠說完三個能力後，停在梁宥時的肩膀上，將翅膀貼在胸口，傲慢地說出最後一個能力。

「以及我——讓靈魂重生於肉體中的『回歸』能力。」

聽見這個能力的瞬間，杜軒和徐永遠同時瞪大雙眸。

「回歸」能力？讓靈魂進入肉體——原來如此，怪不得牠會是聚集眾多靈魂而成為「管理人」的中心點，靈魂碎片能順利逃離「黑影人」以及這個空間，返回現實世界降生為人，全是因為牠的能力。

「因為『那傢伙』的攻擊，加上我讓眾多靈魂碎片們重生的關係，我沉睡了很長一段時間，為了不讓『那傢伙』找到你們，我還特意分散了你們降生的時間點。」

「……也就是說，我們幾個雖然現在是在一起的，但實際上可能是從不同時間點進入這個地方？」

徐永遠反應很快，而且一下子就能理解小鳥的意思。

小鳥發出咯咯笑聲，似乎很滿意他的理解能力。

杜軒不禁冒冷汗，因為現在所聽到的這些情報，全都超出他的想像，至於梁宥時則沒有任何反應，他就像是對小鳥百分之百信任一樣，完全站在牠那邊。

「好吧，你想等我們全部到齊後再跟黑影宣戰，但你為什麼篤定只靠我們四個人就能打得贏他？」杜軒決定先把這些複雜的情報拋在腦後，重新專心於眼前應該面對的問題。

小鳥又咯咯笑了幾聲，正當牠想要開口回答杜軒的問題時，突然傳來玻璃碎裂的脆響聲。

所有人立刻抬起頭，發現雪白色的空間不知道什麼時候開始產生了裂縫，而且越裂越大，就像是蛋殼般一點點剝落。

裂縫底下是吞噬一切的黑暗，裡頭彷彿有某種東西正在蠢蠢欲動，它大膽且貪婪地開始碾壓這個白色空間。

碎裂聲越來越大、越來越多，隨著縫隙增加，白色的空間眼看就快要支撐不下去。

小鳥著急地拍翅飛起，冷靜的牠，顯得慌張不安。

「該死……沒想到『那傢伙』居然使用『崩壞』。」牠大聲提醒所有人：「你們幾個抓緊！這個空間就快要粉碎了！」

小鳥才剛提醒，縫隙中的黑暗迅速竄出，直接吞沒整個空間。

夏司宇第一時間就抓住杜軒，而戴仁佑和徐永遠則是率先被黑暗所吞沒。

不到三秒的時間，黑暗也撲向夏司宇和杜軒兩人，他們眼睜睜看著它襲擊自己，卻無力反抗，只能緊閉雙眼。

「唰」地一聲，耳邊所有的聲音被抽離，看不見也聽不到，五感就像是被剝奪般，讓人陷入被孤立的恐懼。

萬幸的是，這種情況並沒有持續很久，很快就吹來一陣烈風，將周圍的黑暗一口氣吹散。

黑暗消失的同時，五感回歸，杜軒這才發現自己正四肢趴地，跪在地上，面向著龜裂的水泥地喘息。

「哈、哈啊……哈……」

他看著汗水一滴滴落下，沾溼了地面，但很快就被吸入並消失。

空氣很乾燥，甚至還參雜著塵埃，品質糟糕到極點。

等到自己好不容易恢復正常狀況後，杜軒才慢慢抬起頭，雙腿還有些乏力，他咬著牙好不容易才讓自己站穩腳步。

當他看見眼前這毀壞的都市景象、以及發現自己正站在長滿青苔、樹藤的高速公路上面時，心裡除感慨之外，只剩下髒話。

這裡究竟又是什麼鬼地方！

第一夜

回家（上）

周圍安靜得可怕，沒有其他聲音，簡直就像是來到沒落的廢棄都市，完全被大自然佔領，人類根本沒有立足的空間。

高速公路的左側因為斷裂所以無法通過，雖然斷裂的長度大約只有兩台公車的距離，卻無法跳躍過去，所以杜軒就只有一條路能走。

右側雖然沒斷裂，但看上去要斷不斷的，光是路面龜裂的痕跡就已經深到像是隨時都有可能崩塌，坦白講，要不是因為無路可走，杜軒也不會冒這個險。

他小心翼翼前進，看不見盡頭所以很難判斷要走多久才能下橋，旁邊的風景也幾乎都是綠油油的，雖然可以看出建築物和街道的模樣，不過沒有什麼太大的用處。

現在他能夠確定的一點是，這條高速公路是位於市區，所以下交流道口的位置距離不會很遠，至少可以不用太擔心會離不開這個地方。

他一個人走著，很快就看到長長的車龍，感覺很像是前方堵塞的關係所以全部卡在這裡，動彈不得。

杜軒突然有些擔心，他急忙往前跑，辛苦穿過車潮後卻發現前面的路被層層堆疊的汽車擋死。

他沒辦法，只好爬過去。當他站在車頂上往前方看過去，才發現前方有嚴重車禍，而這些堆疊起來的車子也是受到車禍影響，來不及剎車，才會擠壓、碰撞在一起。

這個位置還算不錯，杜軒可以清楚看到車禍的情況。

高速公路旁的廣告看板不知道為什麼插在客運車的中間，不但直接把車身割開，還連帶讓車子一百八十度翻倒，好巧不巧旁邊還有其他貨車，結果這幾台大型車就成為鐵做的屏障，直接把高速公路塞死。

市區的高速公路並不算窄，來回路段各有三個車道，但是現在全被這些車占滿。

「哈啊……得想辦法鑽過去。」

杜軒邊說邊跳回車道，小跑步來到車禍位置。

附近的地面都有焦黑的痕跡，車身也很明顯有起火過的樣子，只是沒有燒成焦黑，就表示當時有人撲滅了火。

杜軒沒辦法判斷車禍是多久之前發生的，但很顯然不是最近的事。

他走過去，在附近探頭探腦，試圖找看看有沒有路可以走。

沒想到他剛把手貼在客運車體上的瞬間，一大堆的畫面閃過腦海，頓時讓他難受到反胃，彎下身對著地面乾嘔。

「噁！唔嗯……不，不行！」

杜軒發覺自己的情況不妙，急忙跑向旁邊的轎車，趴在駕駛座的車窗旁吐出來。

胃酸灼燒食道和喉嚨的感覺，就像是有人拿鋼刷在刮，酸臭味塞滿嘴巴和鼻腔，聞到味道後彷彿又想要再吐一次。

結果杜軒就這樣爽快的吐了三次才終於停下來。

他用手背擦去嘴角的嘔吐物，腦袋無法思考、神情恍惚，搖搖晃晃遠離自己的嘔吐物之後，就這樣靠在其他轎車的後輪上，閉上雙眼。

得先把嘴巴跟手擦乾淨才行——腦袋明明這樣想著，但他卻沒有辦法支撐下去。

如同斷片般，杜軒就這樣暫時失去意識，等到他驚醒過來後，發現天色變得比之前更昏暗一些。

「我……失去意識了？」

杜軒扶著額頭，頭痛感已經退去，也沒有想吐的感覺，但那種像是喝到斷片的糟糕體驗卻讓他的內心充滿不安。

他想起身，卻發現身體沒什麼力氣。杜軒慢半拍地發現，手上的嘔吐物已經被清乾淨，不過嘴裡還殘留著噁心的味道。

奇怪，難道他剛才沒弄髒手？不對啊，他明明用手擦嘴巴了說……

正當他思考這到底是怎麼回事的時候，眼前出現一個裝滿水的寶特瓶。

杜軒嚇了一跳，猛然抬起頭，原本還很驚慌失措的他，在看見對方是誰之後，展露笑容。

「夏司宇——咳咳！咳！」

他因為激動而喊得太賣力，結果反而讓喉嚨更不舒服。

夏司宇蹲下來，把保特瓶打開來遞給他。

「喝水。」

杜軒點點頭，大口灌下。

等到終於沖散那噁心的感覺後，水也只剩半瓶。

「你、你怎麼找到我的？」

「我跟你並沒有離得很遠，但我是在高架橋下，所以花了點時間才爬上來找你。」

「……真的假的？這種高度，你……你爬上來？」

夏司宇不是很懂杜軒為什麼會這麼驚訝，他歪頭反問：「不是很困難啊？這麼做很奇怪？」

「哈啊……普通人可沒辦法爬上高架橋。」

「我受過專業訓練。」

杜軒果斷放棄，畢竟夏司宇真的強得不像話，可能對他來說真的算不了什麼。

「如果說我們沒有被分開得太遠，就表示其他人也應該在附近吧？」

夏司宇聳肩，「這點沒辦法確定，總之，我們先想辦法離開這座橋。」

「嗯，知道了。但我不想用你的方法下去。」

夏司宇頓了一下，看樣子他原本是打算也讓杜軒爬下去的。

「那就找交流道口。」

「我正在這樣做，只是突然……」杜軒揉揉太陽穴，當他提起這件事的同時，想起了剛才衝入腦袋的那些記憶。

或許是因為過了一段時間的關係，所以現在沒什麼感覺。

仔細想想，他會那麼不舒服並不是因為記憶湧入的關係，而是因為這些記憶太過怵目驚心。

透過碰觸那台翻覆的客運，他看見車禍當時的情景，火海、人們不斷尖叫、長長的剎車聲以及痛苦哀嚎的求救聲——彷彿出事當下所有人對死亡的恐懼以及面對突發事件的不安，全都進入他的身體裡面。

他嘔吐、反胃，甚至暈過去，是因為被過去受到影響。

這些畫面和記憶對現在的他來說，沒有任何意義，可是他卻沒辦法控制不去接收它們，彷彿就像是被強迫似的。

感覺，糟糕到了極點。

「能起來嗎？」

看著夏司宇向他伸出的手，以及那一直陪伴著他的關心，杜軒不由得勾起嘴角，並且把手交給了他。

「可以。」

夏司宇把他拉起來，這時杜軒才發現，夏司宇的左眼已經重新被眼罩蓋住。

他發現杜軒一直盯著自己的左眼看，於是便對他說：「這是我替換用的眼罩。」

「你居然隨身攜帶備品？我怎麼不知道？」

「眼罩也是要定期換乾淨的，不然會很臭。」

「噗！啊哈哈哈！」

夏司宇雖然說得很認真，可是杜軒卻忍不住捧腹大笑，因為夏司宇的理由太過「普通」，出乎他的意料之外。

他伸手摸摸夏司宇的眼罩，沒想到他會這麼做的夏司宇，反而像被電到似的頓了一下身體，急忙抓住他的手腕。

「別碰。」

「呃、抱歉，傷口會痛嗎？」

「不，已經是很久以前的傷了，現在早就沒有感覺，只是我擔心你會覺得害怕……」

杜軒皺眉，「我才不會這樣想，而且也不害怕。」

「咳……」夏司宇放開杜軒的手，有些害羞，平常不把情緒表現在臉上的他，此刻耳尖卻紅通通的。

杜軒甩甩手，沒好氣地抱怨：「我只是在擔心你，那個傷口對你來說並不是什麼好回憶不是嗎？」

夏司宇冷冷地回答：「是沒錯，但我現在也已經沒那麼在意了。」

雖然沒開口問夏司宇理由，不過杜軒也早就能猜到是為什麼。

「走吧。」夏司宇走在前面帶路，「我帶你離開這裡。」

「嗯。」

有夏司宇幫忙，行動起來果然很方便，也比較輕鬆。

他們穿過車禍地點後沒走幾百公尺，就來到交流道口，總算順利離開這座看起來隨時都有可能坍塌的高速公路。

「把手給我。」

「呃……好。」

平面道路並不比高速公路好走，很多地方都被擋住，那些鐵絲網和拒馬沒辦法通過，所以他們只能想辦法翻牆，避開馬路，從建築物的內側穿越。

這附近的地很廣，而且並不是住宅區的樣子，有很多工廠和倉庫，要是一旦路被封死，就只能想辦法從裡面走。

杜軒自從國中之後就沒做過翻牆這種行為，相對於乾脆俐落的夏司宇，他反而看起來笨手笨腳的，就連下來也需要靠夏司宇幫忙。

「你有沒有覺得這個地方有點奇怪？」

杜軒看著眼前的工廠，詢問看上去若無其事的夏司宇。

他會覺得怪，是因為這個空間的地理位置配置很詭異。

高速公路是在市區位置，周圍也有很多大樓，可是再往前就是這種受到阻礙的平面道路，以及佔地廣闊的工廠，就算是一般的城市，也不會這樣安排市區的建築。

夏司宇老實回答：「不覺得。」

「就知道你會這樣說。」

「這些空間都不是真的存在的世界，所以不必太在意，習慣就好。」

「從你嘴裡說出這樣的話，格外有說服力。」

杜軒認同夏司宇的解釋，所以他決定聽他的。

他有些擔心擅闖進來的「黑影人」，他們會分散，絕對是它做的好事，如果是想要把他們分開來各別對付的話——那就糟糕了。

更何況「管理人」還沒告訴他們最最最重要的事，就這樣被打斷，這對他們來說非常不利。

他們必須盡快離開這裡，無論「黑影人」打的是什麼主意，對他們來說都不會是什麼好事，可是另一方面杜軒也很懷疑，自己是否能把所有人平安找回來。

「沒想到『那傢伙』會闖進來，他到底怎麼找到我們的？」

「現在去想這件事沒多大幫助。」

「唔……你說得也對，搞不好它隱藏在附近，雖然現在看起來暫時沒什麼危險，但還是得小心點。」

「嗯。」

夏司宇隨口應付杜軒，並低頭查看停在工廠裡的轎車，原本看得好好的，卻突然徒手打碎車窗，嚇杜軒一大跳。

他張大眼看著夏司宇打開駕駛座，一臉沒事發生似的上車，輕輕鬆鬆發動引擎。絕了，杜軒真沒想到這車竟然能開！

「上車。」

「呃、你怎麼……」

「我看車鑰匙掉在駕駛座上，所以想說試試看能不能開。」

杜軒搔搔頭，能有車代步的感覺確實不錯。

他坐上副駕，讓夏司宇替自己扣好安全帶，再看他把大門推開，準備萬全後回到駕駛座。

「開車不會麻煩嗎?外面的路很多都被堵死了。」

「至少能走比較遠的距離，我們沒時間慢慢散步。」

「你知道要去哪？」

「至少先離開這裡，去安全點的地方讓你休息。」夏司宇拍拍杜軒的腦袋，「你才剛清醒沒多久，身體還沒完全恢復，所以在我找到能休息的地方前，先睡一下，等到了我會叫你。」

「……嗯，知道了。」

被夏司宇這樣一說，杜軒還真感覺有些睏。

不知道是不是因為一直處於緊張狀態下，所以他根本不知道自己很累，結果前一秒還精神奕奕的他，下一秒就再次斷電。

夏司宇看著杜軒的睡臉，以及他平穩呼吸的胸膛，收回手，踩下油門駛離。

／

「杜軒。」夏司宇的聲音傳入杜軒的耳裡，但第一聲並沒有讓他清醒，於是夏司宇又接著喊了第二次，「杜軒，醒醒。」

杜軒這才慢慢打開沉重的眼皮，他發現車子停在大橋中央，而前面因為被堵住的關係，已經沒辦法再繼續前進。

夏司宇見到杜軒終於醒來，便開門下車，杜軒花三秒鐘回神後，也跟著下車。

「天空顏色還真奇怪。」

「看起來晚點應該會下雨。」夏司宇邊說邊盯著杜軒的臉看，「嗯，臉色比之前好了一點。」

「呃、不是說要下雨了?快走吧。」

被盯著看，讓杜軒很不好意思。

他趕緊轉移話題，主動走向車陣之中。

夏司宇沒有多說什麼，跟在他後面，看著杜軒走路不穩的模樣，很擔心他會不小心傷到自己。

幸好這座橋並不是很長，沒花多少時間就能順利到達對面，問題是天氣卻變得比之前還要糟糕。

原本萬里無雲的天空，突然被烏雲壟罩，甚至還吹起強風。

杜軒被冷得受不了，忍不住顫抖，沒過幾秒鐘時間他就有種被水滴到的感覺。

「快過來！」

夏司宇拉住還沒反應過來的杜軒，匆匆躲進離橋最近的一棟大型建築物裡。

當他們經過自動門進入裡面後沒多久，外面頓時下起傾盆大雨，雨被風吹得斜飛，可以看得出來雨量和風的強度。

「嗚哇好險!差一點就變成落湯雞，這個地方的天氣怎麼說變就變?」

「這樣正好，你可以在這裡休息。」

「我才剛睡醒欸，別再要我睡覺了啦。」

「要是再昏倒怎麼辦？難不成又要我扛著你走？」

「我、我那是不可抗力……」

「你身體變虛的話，對現在的情況沒有任何幫助，更何況我們還不知道黑影把我們送到這個地方來有什麼目的，所以得確保你的身體沒有任何問題。」

杜軒雖然能夠明白夏司宇的意思，但他不喜歡自己老是被當成病人對待，這樣顯得很像是個笨拙的拖油瓶。

夏司宇看著還想反駁，但又不知道該怎麼做的杜軒，嘆了口氣。

「總之，先找個地方休息。這裡看起來很像是商場。」

聽到夏司宇這麼說，杜軒才注意到這棟建築物是間大型賣場，一樓是中央廣場，手扶梯則是位在建築物中央，站在底下就可以看清楚有幾層樓。

呈現長方型的樓層兩側都設有店鋪，有四層樓高，並不是很大，但是裝潢很漂亮，動線也很明確、簡單，不用擔心會迷路。

最上方有著大型玻璃窗，可以直接看到天空，現在的話則是被雨水淹沒，可以清楚明白外面的雨勢有多大。

可惜的是這裡似乎沒有電，只能依靠玻璃窗外射進來的光線勉強維持能見度。

「你在旁邊找個地方等我，我去樓上看看情況。」

夏司宇打算去確認這棟建築有沒有危險性，可是他的提議很快就被杜軒否決。

「不，我要跟你一起行動。」

「這樣很危險。」

「和你分開才危險，要是這裡有怪物什麼的，我沒有任何手段保護自己，而且我也很擔心黑影會不會又突然把我們分開。」

他們都還不清楚黑影人的目的，但可以確定的是，它不希望他們聚集在一起，不過比起他們三個人，黑影人應該會先把目標放在「管理人」身上，也就是那隻小鳥。

夏司宇覺得杜軒說得有道理，於是不再拒絕，讓他跟在自己身後。

因為沒有電加上視線不良，所以他們只能靠雙腿爬上電扶梯，一層層慢慢搜查。

剛開始杜軒覺得這個地方似曾相識，但是沒有想太多，直到他們來到三樓，他才突然明白為什麼自己會覺得熟悉。

這個地方——這間賣場對他來說並不陌生，因為他來過很多次。

「怎……怎麼會……」

杜軒停下腳步，臉色發白，下意識扶著自己的額頭。

夏司宇見他狀況有點不太對勁，便轉頭問：「有什麼不對勁嗎？」

「我知道這裡是哪裡，不……應該說我對這裡熟到不行。」杜軒抬起頭，用十分肯定的口氣回答：「我上班的咖啡廳就在這附近而已，因為離我住的地方很近，所以有時候下班我會來這裡買東西。」

夏司宇眨眨眼，有些意外地問：「也就是說這個區域是根據你的記憶創造出來的？」

「我也不知道，得去外面確認才行。」

「等雨停再去看看。」

「嗯。」杜軒點頭，同時有些擔憂地問：「該不會這裡是我的記憶……」

「不，跟之前那個沙地戰場不同，我倒覺得比較像是多個區域連接起來的空間，在過橋前我有路過幾個眼熟的地方，所以這點我能向你保證。」

「我們有開這麼遠的距離？」

「有，雖然說有種沒盡頭的感覺，但至少我們有在前進。」

「哈啊……聽起來這個地方超大，這樣我們不知道要到什麼時候才能找到其他人。」

杜軒忍不住嘆氣，可是他的嘴才剛張開，就被夏司宇迅速用手摀住，並抓住身體直接躲在旁邊的販賣機側邊。

他嚇了一跳，心臟差點從嘴裡跑出來，就在他滿臉困惑，不明白夏司宇在躲避什麼的同時，斜上方四樓位置，有個高出玻璃護欄的巨大身影在移動。

它是趴在地上行走的，但感覺起來不是動物，比較像是體型龐大的人趴在地上，像動物般用四肢移動。

很奇怪。按照常理來說，這個生物體型如此龐大，加上這個地方除雨聲之外沒有其他聲音，安靜到連打個嗝都能聽見，但它移動時卻安靜無聲，沒有半點聲音發出來，就像是在滑行或漂浮在半空中移動的感覺。

它慢慢的前進，速度看起來不快，可是這種事很難講。根據杜軒的經驗，凡是遇到怪物，離得越遠越好，絕對別想著要跟它們正面對峙。

夏司宇和杜軒交換眼神，雖然杜軒看不太懂夏司宇想表達什麼，但他很確定，第一要件就是別開口說話或是發出聲音。

等到夏司宇把手挪開後，他們就小心翼翼地往一樓走。

只要有一隻怪物在，就很可能會有第二隻，所以最好還是離開這裡比較安全。

幸好這裡是大賣場，什麼東西都有，夏司宇跟杜軒很快就從一樓的超商找到雨衣和一點補給品，隨手拿幾樣能夠方便攜帶的東西後，就穿上雨衣重新回到雨裡。

穿過幾條街道後，杜軒肯定了自己的猜測。這個地方果然就是他熟悉的那個街道，而他工作的咖啡廳，就在前面不到兩個紅綠燈口的距離。

杜軒帶著夏司宇來到他工作的咖啡廳，原以為還得繞到店後面從後門進去，沒想到大門口卻敞開著，玻璃門碎了一半，就像是被人強行入侵過。

不過他們店只有一層，空間也並不是很大，所以只要站在店外觀察就能確認裡面是否安全，而現在店裡甚麼也沒有，就只是亂糟糟的。

兩人決定先躲一陣子，因為身上穿的雨衣根本沒有辦法抵擋被大風吹襲的滂沱大雨，有穿跟沒穿差不多。

他們溼答答的進入店內，杜軒在脫雨衣的時候，夏司宇則是先環視店內情況。

「嗚哇……都溼了。」杜軒用手搔亂溼答答的頭髮，相當沮喪地將外套脫下來，掛在旁邊的椅背上。

夏司宇看到後很乾脆地把雨衣撕爛扔在地上，輕便雨衣就像個垃圾袋一樣，毫不留情地被他的靴子踩過去。

杜軒從店裡找來乾淨的毛巾，幸好毛巾很乾淨，只是放在櫃子裡的時間有點久，味道不是很好聞。

他掐著鼻子給了夏司宇一條，夏司宇倒是不太在意味道，拿起來就擦。

「雖然是熟悉的地方，現在卻變得很討厭。」杜軒皺著眉頭，看著門外的風雨，心情怎麼樣也好不起來，「剛才在大賣場裡的那個……究竟是什麼？」

「怪物吧。」夏司宇不以為意地回答，根本不在意這種事，「反正別靠近比較好，現在我們手邊沒有能夠對抗他的武器。」

「這地方可沒有什麼武器店之類的。」

「看得出來，這條街很『和平』。」夏司宇邊說邊歪頭，「這就是你住的地方？」

「我家是在附近沒錯，但走路有點遠，我都是搭車上下班。」

「要不然我們去你家看看？」

「呃、你當我們是來觀光的嗎？」

「你都看過我的『過去』了，難道我就不能看看你的生活？」

「不是不行，只是現在不是時候。」

杜軒有點無奈，他不知道為什麼夏司宇突然提出這種奇怪的要求，明明現在他們有更重要的事情得做。

但是，當他想到自己跟夏司宇的「未來」後，又沒辦法完全狠下心拒絕他。

「我們先在這裡休息一下，等雨停後再看要怎麼辦。」

雖然他們現在只有「繼續前進」這條路能走，可是很顯然這並不是正確答案。

他們被困在黑影人安排的空間裡，根據以前黑影人所創造的那些遊戲空間，想要離開的話，就得找到「破關道具」。

如果把這裡想像成只有他跟夏司宇兩個人的遊戲空間的話，那麼他們要做的並不是漫無目的地走，而是想辦法找出關鍵道具。

「我們現在有的武器，只剩下那把手槍？」

「嗯。」夏司宇邊回答邊拿出來，遞給杜軒。

杜軒搖搖頭，「不，你拿著就好，槍要給擅長的人使用才能發揮出它的最大效用，給我就是浪費了。」

夏司宇覺得杜軒說的很有道理，便把槍收回，獨自走進廚房，挑了幾把菜刀回來。

「那你用這些。」

「……我不覺得像剛才那種怪物，能用菜刀砍死，更何況我也沒地方放，總不能一直拿在手上吧？」

「但至少你有『武器』，而不是赤手空拳。」

「我的『武器』不是這種實體的物品，而是這個。」杜軒指指自己的腦袋瓜，「雖然還沒辦法完全控制，但我想試著練習一下。」

「練習？你打算怎麼做？」

「不知道，反正多用幾次就會熟練了吧。」

杜軒邊說邊走到摔爛的椅子旁邊，蹲下來，伸手碰觸。

嗯，沒反應。

這完全在他的預料之中。

杜軒並沒有放棄，而是又去碰觸幾樣物品，直到最後他碰到門口的玻璃碎片後，才終於成功「觸發」自己的能力。

記憶片段鑽入腦海，玻璃門被破壞前的畫面進入腦海，很奇怪的是，這次並不像之前在橋上那時一樣，有噁心暈眩的感覺，而是很順利、沒有阻礙，就只是眼前閃過片段影像而已。

他收回手，好奇地歪著頭，接著又重新嘗試去摸幾個地方。最後的結果就是，他從這些物品中接收到些許片斷，讀取得都很順利，並沒有引發身體不適。

杜軒看著自己的雙手，感覺在那次失去意識過後，自己對於「過去」的記憶承受能力變強了不少，但他還是不知道該如何掌控這個能力。

如果可以靠他自己的想法控制的話，或許能知道更多情報，甚至能夠透過窺探未來找到其他人的位置。

不知道為什麼，杜軒忽然想起能在短時間內學會使用自己能力的梁宥時。既然他都能夠在斷時間內明白如何操控自己的能力，那麼他一定也可以。

「身為靈魂碎片的你們，本來就擁有這些『能力』，並非不會使用而已，只是『忘記』該如何使用，忘記的東西，回想起來就好。」

他的耳邊，突然傳來小鳥的聲音。

杜軒嚇一跳，猛然抬起頭來左右環伺，但他並沒有看見小鳥的身影，倒是看見放在櫃台後面架子的咖啡罐上，有著似曾相識的小鳥圖樣。

他慢半拍發現，那張圖就跟打火機上的圖一模一樣。

難道說「管理人」並沒有消失，而是「又」躲起來了嗎？

才剛這麼想，杜軒的腦袋裡又出現同樣的聲音。

「呵，不愧是靈魂碎片中最聰明的『眼』——是的，我一直都在。無論是過去還是現在，我一直都在『觀察』你們。」

小鳥的聲音帶著戲謔，像是置身事外的旁觀者。

杜軒不是很喜歡這種感覺，可是他現在需要讓自己想起如何使用能力，為此，他需要小鳥的協助。

彷彿聽見他心裡所想的事情一樣，小鳥再次開口：「回去吧，去觸碰你原始的靈魂，這樣你就能拿回所有的記憶。但，千萬要小心，別被看門狗發現。」

看門狗？

難道小鳥的意思是指剛才在大賣場裡看到的怪物？

這回，小鳥並沒有回答他心中的疑問，當杜軒再次看向咖啡罐的時候，小鳥的圖樣已經消失不見。

看來牠不會待在同個地方太長時間，這也是為了逃避黑影人的追蹤吧。

「……算了，總比像個無頭蒼蠅來得好，至少我現在知道該怎麼做。」杜軒握緊拳頭，順間充滿信心。

只要他能夠掌控自己的能力，就能想辦法重新和其他人會合。

光靠窺視未來，就能夠知道很多事情，或許不單單只是找回徐永遠他們，就連要怎麼殺掉黑影人的事也能弄清楚。

「你忙了這麼久，有沒有點頭緒？」

夏司宇突然出現在他身後，差點沒把專心思考事情的杜軒嚇死。

他跳起來，冷汗直冒，夏司宇壓根沒想到杜軒反應會這麼大，反而愣住。

「……怎樣？」

「你、你走路都沒聲音的嗎！幹嘛嚇我？」

「我從剛才就在叫你，是你沒理我我才直接過來的。」

「是嗎？我在想事情所以沒聽見。」

「什麼事讓你想到完全忘記我的存在？」

「當然是離開這裡還有找回徐永遠跟大叔他們。」

「我覺得那幾個傢伙肯定混得比你還好。」

「你是在變相說我爛嗎？」

「不，只是我覺得以經驗來講，那兩個人肯定有辦法能夠保護自己。」

「呃……真不想承認你說的是對的。」

「沒事，你有我在。」夏司宇摸摸杜軒的頭，輕輕勾起嘴角，「那，接下來我們要做什麼？」

杜軒嘟起嘴，很不爽被夏司宇當成小孩對待，任性地把他放在自己頭上的手甩開。

他轉過頭，用悶悶不樂的口氣回答：「回家。」

夏司宇眨眨眼，雖然心裡有些埋怨，剛才明明還拒絕他的杜軒，不知道為什麼突然又願意帶他回家，但他很確定杜軒絕對不是想帶他參觀自己家。

看來是在那短暫的思考時間裡，他發現了什麼線索吧。

就在兩人確定接下來要去的地方後，雨停了，風也不再吹。

怪異的天氣讓杜軒習慣不了，可是想要用正常思維去想原因跟理由，不過是在傷害自己的腦袋，所以他很快就放棄。

反正沒雨挺好的——正當他這麼想的時候，不知道為什麼，外面街道和馬路，突然出現了許多趴在地上行走的「怪物」。

它們看上去就跟在大賣場裡見到的那隻怪物一樣，可是體型不同，有高有瘦、有矮有胖，像是巡邏般在附近徘徊。

夏司宇看著外面那些「怪物」，皺緊眉頭。

「看來我們得先想辦法離開這裡，否則哪都去不了。」

第二夜

回家（下）

「先試試看這些怪物是屬於那種類型。」

夏司宇說完，直接就這樣走出咖啡廳，動作快到杜軒想阻止都來不及。

萬幸的是，他們所擔心的事情並沒有發生，這些怪物就跟最初遇到的一樣，並不會主動攻擊死者，不過這也讓杜軒產生新的疑問。

他原本以為這些怪物是黑影人派來的追兵，但如今看來似乎不是這樣，那麼黑影人究竟在盤算什麼？

「看來沒什麼問題。」夏司宇回到咖啡廳，並脫下大衣，往杜軒的頭頂扔過去，「披著，我帶你回家。」

「你、你該不會是想靠雙腿走回去吧！這樣至少也要走個四五十分鐘耶！」

「不用擔心，我揹著你走會比較快。」

「揹我？你認真的？」

「再認真不過。」

夏司宇走過去，用大衣把人從頭頂蓋住、裹好後，直接抱住他的膝蓋，將人直接帶到櫃台，讓杜軒坐在上面。

杜軒還沒反應過來，就看見夏司宇背對著他，身體稍稍往前傾，完全就是要他趕緊爬上來的意思。

他實在沒想到身為二十多歲的大男人，竟然還會被人像個小孩揹著走。

「可不可以不要？」

「不行。」夏司宇冷聲拒絕，「你明知道這樣做效率是最高的。」

「哪來的效率？揹著一個男人走，就算你再強壯也走不快吧！萬一遇到什麼危險……」

「我沒那麼弱，就算揹著你也能戰鬥。」

「當我傻？我才沒那麼好騙。」

「是真的，之後有機會再證明給你看。」

「不，我才不想要有證明的機會。」

夏司宇是在故意耍他嗎？他可不想發生跟怪物或是其他東西打架的事情，可以的話他只想平平安安、順順利利的到達目的地，但——他很清楚，這是不可能的。

現在他唯一能做的，就是趕快掌握自己的能力，為此他必須先照著小鳥的指示，光是想想而已，他就覺得很不爽，因為他不是很喜歡那隻鳥。

「快點，得趁沒雨的時候走，要是待會再下雨就麻煩了。」

「知、知道了啦！」

杜軒慢吞吞地趴在夏司宇的背上，因為不習慣的關係，他有點像是扒在大樹幹上的無尾熊，要上不上的卡在那。

夏司宇用手臂抵住他的屁股，輕輕把人往上推，好不容易才讓他能夠環在自己的脖子上面。

「抓緊點，別掉下去。」

「就算你沒講我也絕對不會鬆手。」

杜軒將雙腿緊緊夾住夏司宇的腰，證明自己也是很有力氣的。

夏司宇將頭轉向正前方，壓低語氣，「那我就一口氣衝了，你來指路。」

「好。」

杜軒剛回答完，夏司宇就迅速跑出咖啡廳。

他的速度快到讓杜軒差點沒咬到舌頭，明明還扛著一個男人，為什麼夏司宇卻好像完全沒感覺似的，跑得比走起來還要輕鬆。

「前……前面路口左轉……呃！」

夏司宇的速度快到在轉彎時都差點讓他咬到舌頭，不過確實如他之前宣告的，以這樣的速度，他們很快就能到達目的地，更重要的是，當他們穿梭在怪物之間的時候，那些怪物連看也沒看他們一眼，這種感覺很微妙。

光是這樣被夏司宇的大衣蓋住，怪物就不會注意到他？

這種感覺讓人覺得有些奇怪，但杜軒並不打算多作思考。

就這樣，在「夏司宇特快車」的幫助下，杜軒回到熟悉的街道，回到租屋處。

他從大學畢業後就在這間咖啡廳上班，房子也是在那時候換租的，雖然只有住幾個月而已，但他從未想過自己會這麼想念這個地方。

「這棟？」

「啊……對，沒錯。」

夏司宇站在路邊，抬起頭看著眼前這棟公寓。

公寓門口只有小小的警衛用櫃台，大門旁邊的牆壁則是有好幾個信箱，整棟建築物還算滿新的，只是坪數看起來並不大。

「還真小。」

「只是睡覺用的地方而已，我本來就不太在意，只要能住得舒服就好。」因為在身後，杜軒知道夏司宇看不見他臉上的表情，便瘋狂對著他的後腦勺翻白眼。

居然嫌他住的地方小，開什麼玩笑，這地方可是剛蓋好沒多久的新公寓，租金還很便宜，加上他又只有一個人住，所以這樣的大小對他來說剛剛好。

不過，眼看著目的地就在前方，但是卻發生了一點小問題。

進入一樓大廳後，他們就立刻發現這棟公寓不止溼氣很重之外，還有著很臭的霉味以及潮溼感，感覺待在這裡太久，整個人都會發霉似的。而且更大的問題是，牆壁、地板，甚至是樓梯、家具那些，全都溼答答的，像是曾經泡在水裡很長一段時間的樣子。

夏司宇把杜軒放下來，杜軒剛踩到地板就覺得很不舒服。明明穿著運動鞋，但踩在水面上的感覺卻十分強烈，這讓他很不自在地皺緊眉頭。

「感覺好怪。」

「嗯……而且這裡除我們之外還有其他人在。」

夏司宇有留意到，越接近公寓，那些徘徊的怪物數量就越來越少。

他不確定是因為這些怪物想要刻意遠離這個建築物的關係，還是說這裡面的「東西」不允許那些怪物靠近。

無論是什麼理由，他們都得加快速度才行。

「趕緊上去吧，你住幾樓？」

「六樓。」

「沒事住這麼高做什麼？」

「風景好不行嗎！」

兩人雖然小小拌嘴，但還是乖乖爬樓梯，因為電梯完全沒有電。

樓梯的照明燈和大廳一樣，都是一閃一閃的，不但昏暗還很可怕，好像隨時會有東西跑出來似的，不過讓杜軒比較頭痛的是，燈光閃得他眼睛好不舒服。

就在杜軒剛爬上五樓樓梯，再往前走幾步路就到六樓的時候，兩人突然聽見頭頂傳來物體破裂的聲音，同時嚇了一跳。

杜軒還沒反應過來，就被夏司宇往前推開，整個人顏面朝地撲倒在六樓。

「好痛！」他從地上彈起來，但還來不及關心自己紅腫的鼻子，回頭就看見如瀑布般的水量，直接展斷通往五樓的階梯。

杜軒嚇一大跳，他完全看不到夏司宇在哪，而且底下的樓梯全都毀了，根本沒有著陸點！

「夏司宇！你、你沒事吧！」

他對著眼前的小瀑布大喊，接著沒過幾秒，他就聽見對面傳來夏司宇的提醒。

「讓開！」

杜軒不知道他想幹嘛，但他立刻照做。

手忙腳亂爬起來遠離樓梯口之後，他就看見夏司宇穿過瀑布出現在他眼前。

夏司宇單手抓住旁邊的扶手做為施力點，讓身體能夠懸空、不靠階梯作為落地點，直接跳到杜軒剛才倒地的位置。

全身溼透的他連口氣都不喘，就像剛才所做的事情，輕鬆得跟呼吸一樣自然。

夏司宇單手撩起溼漉漉的瀏海，看著張大嘴巴，說不出話的杜軒，皺了皺眉頭。

「你那是什麼表情？」

「……只是再次感受到你真的是個變態怪力男這個事實。」

「別給我取那種奇怪的綽號。」

「你可是扛著我跑好幾公里欸，剛剛還用單手撐過這麼強的水流，直接跳過來。」

「我身體能力本來就比你強，這種事不算什麼。」

「好好好，我就是個柔弱的普通老百姓。」

不得不承認，杜軒有點羨慕。

沒想到軍人的身體能力竟然跟普通人差這麼多，怪不得夏司宇總是游刃有餘的樣子，天不怕地不怕。

「這棟樓應該撐不了太久。」夏司宇抬起頭看著破裂的天花板，水流就是從那裡灌入的，而且看起來完全沒有停止的跡象，「早點把你要做的事情做完，早點離開。」

「知道了，我本來也不想待太久，這裡的溼氣讓人很不舒服。」

杜軒現在也只是在硬撐，他沒想到越往上層走，溼氣就越來越重，要不是因為小鳥指定他得「回家」一趟，他老早就打算放棄了。

更重要的是，他可以清楚聽見鋼筋水泥的嘎嘎聲響，就算是身為外行人的他也能明白，建築物發出這種聲音就表示情況非常不妙。

「我家是左邊這間。」

這棟公寓一層只有兩戶，樓梯則是位在中間，所以採光很足，住的人也不複雜，這也是杜軒為什麼喜歡這裡的原因之一，他很喜歡睜開眼就看見陽光的感覺。

當然，他覺得夏司宇大概無法理解他的想法，因為他看上去對這裡完全沒有興趣的樣子。

兩人來到杜軒的租屋門口，杜軒意外地發現，自家門居然敞開，一副就是被人硬闖進去的跡象。

因為這裡不是「現實世界」，所以杜軒並不擔心自身財物安全問題，但心裡還是有點不太舒服。

夏司宇抓住他的肩膀，示意他往後退，自己則是拿出手槍，小心翼翼地靠過去。確認屋內沒狀況後，他才讓杜軒進來。

回到家的感覺有些奇怪，杜軒甚至覺得這個房間很陌生。

屋子裡凌亂不堪，看起來就像是被闖空門的小偷搜刮過，大部分的空間都被陰影覆蓋，唯一的光線，就只有客廳天花板那看上去快要熄滅的日光燈。

「你回來這裡要做什麼？」

「不知道，是『管理人』要我回來的。」

杜軒邊說邊伸手拿起掛在椅背上的圍裙，這是他在店裡穿的。

盯著圍裙思考事情的杜軒，完全沒注意到旁邊的陰影正在悄悄移動。

突然間，陰影裡伸出蒼白、腐爛的手，從背後抓住了杜軒的肩膀。

「呃啊！」

杜軒嚇一大跳，雞皮疙瘩狂冒。

被抓住的觸感特別怪異，而且那隻手還傳出東西腐爛的臭味。

夏司宇一聽見杜軒的聲音，二話不說直接抓起餐廳的木椅，朝杜軒大吼：「蹲下！」

杜軒的腦袋還沒開始思考，身體倒是很聽話的照著夏司宇的命令行動。

在他蹲下後，立刻就感覺到一陣風從頭頂吹過，接著那隻手就失去了抓住他的力道，癱軟掉落在他面前。

看著這隻斷手，杜軒大概能想到夏司宇做了什麼，但同時他也發現那些陰影正在慢慢抖動、接近他們兩個人。

「夏司宇！影、影子！」

「我知道。」夏司宇踩爛那隻斷手，直接把杜軒從地上拉起來，「是埋伏。」

四周圍的陰影慢慢鑽出許多披頭散髮的女鬼，他們全都身體浮腫、散發惡臭，就像是長時間泡在水底一樣。

水鬼——杜軒的腦海立刻閃過這兩個字。

這些陰魂不散的傢伙，怎麼不管到哪都能遇見！

在這群水鬼冒出來的同時，拖曳的聲音從臥室方向傳來。

杜軒和夏司宇立刻轉過頭，愕然地看著單手拖曳滿身是血的男人，並慢慢走向他們的「黑影」。

那張臉上有無數顆眼睛，原本不規律地看向四周，但在發現杜軒之後，卻全部同時轉向他所站的位置。

杜軒臉色鐵青、背脊發冷，下意識往後退，緊緊抓住夏司宇的衣服，躲在他身後。

夏司宇立刻拔槍對準黑影人，但周圍的水鬼卻突然一擁而上。

「嘖！」

夏司宇一邊護著杜軒，一邊用拳頭和槍托攻擊水鬼，它們數量雖然多，但禁不起攻擊，浮腫的身軀輕而易舉就能被撕裂。

黑影看著被水鬼包圍的兩人，沒有反應，就這樣拖著手裡的男人往門口走。

這時，杜軒終於看清楚被黑影拎在手裡的人的模樣，驚訝地瞪大眼。

是他。

不——更正確來說，是長得跟他一模一樣的人！

那個人看上去傷勢很嚴重，雖然身體完整，但很明顯已經死亡，一動也不動。

突然，杜軒的腦海裡閃過一個想法——絕對不能讓黑影把那個人帶走！

他無法解釋理由，可是這個念頭卻讓他無比堅信自己的決定沒有錯。

「夏司宇！我們得阻止它！」

夏司宇聽見杜軒說的話之後，抬頭看了一眼，接著迅速把人扛起來，衝出水鬼的包圍，追著黑影來到門外。

黑影似乎注意到他們，側眼瞪過來，接著走廊、牆壁、天花板突然冒出大量的水，同時黑影也在接觸到水的同時，直接鑽進去。

夏司宇知道它想逃跑，便以比他還快的速度衝過去抓住它的肩膀，直接把它強行拉回來。

它鬆開了拉住男人的手，杜軒也趁機趕緊把人抱在懷裡。

夏司宇將黑影往左邊走廊甩開，它跌坐在水窪上，頭上的眼睛全因憤怒而睜大。

「走！」

夏司宇朝杜軒大喊，杜軒也立刻照做。

當他扛起這個男人的同時，後方的退路被擁上來的水鬼堵死，很顯然是黑影找來幫忙阻止他們的。

杜軒慢慢後退，與水鬼保持距離，而踩在他鞋底下的水窪，悄悄地浮出手指，下一秒整隻手臂往上衝出，想要抓住杜軒的小腿。

他沒那麼傻，眼角餘光早就注意到水窪的動靜，早想著要遠離，所以才能在第一時間直接抬腿閃過，反過來狠狠把那隻手臂踹開。

支撐手臂的肉體非常脆弱，即便杜軒的力道沒有太大，也能直接把它踢斷。

手臂在高空中自轉後，掉落在旁邊的水窪上，接著慢慢沒入水中，而那條斷臂則是在杜軒的眼前左右晃動。

它沒有縮回水窪，取而代之是更多條同樣的手臂衝出來。

如果是一個人的話還好應付，但他現在還有個拖油瓶，根本沒辦法閃躲。

就在這時，滿身是血躺在杜軒懷裡的男人，猛然睜開眼。

他看著杜軒因手臂群撲過來而不知所措的側臉後，慢慢抬起手放在他的胸口。

「什——」

杜軒感覺到觸感，還沒來得及反應過來，就看到懷裡的人融入自己的身體裡，注意到的時候只剩下不到三分之一。

他頓時感到頭皮發麻，可是卻動彈不得。

一邊是想要抓住他的手臂群，一邊是有著跟自己一模一樣臉的奇怪死人，他真心不懂小鳥到底為什麼要他來這裡！

「杜軒！」

正在和黑影纏鬥的夏司宇，注意到杜軒的危險，大聲呼喊他的名字。

然而當杜軒聽見他的聲音，轉頭和他對望的下一秒，手臂群形成的巨大肉柱直接把他整個人壓入水中。

夏司宇瞪大眼，顧不了黑影，急忙往杜軒的方向跑過去，可是黑影卻用變成椎狀體的雙手，從背後貫穿夏司宇的身體。

沒有閃開的夏司宇停下腳步，看也不看貫穿自己身軀的尖刺，單手握住，並用力折斷，接著迅速轉身將折下來的部分直直插入黑影那顆長滿眼珠子的腦袋。

噗嘰。

像是水泡被戳破般的聲音從黑影的頭傳了出來，接著黑影痛苦地揮動雙手，身體向下融入水裡。

此時走廊的積水已經淹到腳踝位置，奇妙的是，水只有停留在「走廊」，並沒有進入屋子或是樓梯，簡直就像是個小型泳池。

黑影融入的位置，水變得很黑、甚至帶著黏稠感，與其說是水，倒不如說像是沼澤，而它正在迅速擴散，沿著水接觸到的地方，慢慢吞食一切。

擔心杜軒安危的夏司宇，根本沒注意到這件事，直到他感覺到自己的腳被吸住，很難再往前走，才發覺情況不對。

沼澤沿著腳踝慢慢往上攀爬，像是有自我意識的泥巴，似乎還能從裡面聽見水泡破裂的脆響聲。

「嘖！該死……」

夏司宇沒有能夠對付這種東西的手段，如果是有實體的怪物或是其他死者或活人的話，都沒有問題，但像這種不知道從哪來的怪東西，就在他的能力範圍之外。

即便如此，他也沒打算放棄。

就算是得自己折斷一條腿，他也得去找杜軒！

當夏司宇剛打算實行自己的想法時，突然有個人抓住他的手往前拉，說也奇怪，力道明明不大，但卻能輕而易舉就讓他擺脫這個煩人的東西。

他抬頭，和對方對上眼的瞬間，頓時感到一陣安心。

「……杜軒？」

「咳、咳咳……」杜軒還在咳嗽，像是被水嗆到一樣，全身溼答答的有些狼狽。看得出來，他剛從水裡掙脫出來，但——他是怎麼做到的？

「所以我不是說了，別被看門狗發現？」

熟悉的聲音從頭頂傳來，接著整條走廊的溫度突然升高，積水也快速蒸發，包括那些水鬼和奇怪的沼澤，就這樣隨著水蒸氣消失不見。

直到走廊恢復原本的模樣後，溫度才回歸正常，當夏司宇抬起頭想尋找那隻小鳥的時候，卻發現自己手掌心裡握著硬物。

觸感有點像金屬，冷冰冰的，但很熟悉。

他打開手掌心一看，果然，是他以前撿到的打火機——也就是「管理人」兼小鳥的本體。

「你什麼時候出現的？」

「一直都在。」

這句話差點沒讓夏司宇當場捏爛打火機。

一直都在的話，為什麼什麼都沒講，還故意引他們來這麼危險的地方！

都是因為這東西，杜軒才會——對了！杜軒！

夏司宇猛然抬頭，發現杜軒還拉著他的手，並且帶著有些尷尬的苦澀笑容。

他覺得這都無所謂，只要確定杜軒沒有受傷就好。

「你沒事吧？」

夏司宇甩開杜軒的手，甚至不管手裡的打火機，任它掉在地上，選擇緊緊抓住杜軒的肩膀，從頭到腳仔細檢查。

「我、我沒事。」杜軒因為不好意思所以不知道該露出什麼表情才好，而且比起他，夏司宇身體被插出兩個洞才更讓人在意。

他垂眼盯著躺在地上，孤伶伶的打火機說：「你好歹做點什麼補償吧？」

打火機沒有說話，但在它沉默幾秒鐘之後，夏司宇突然覺得胸口有些搔癢，低頭看才發現傷口正在迅速癒合。

「這還差不多。」杜軒哼了口氣，勉強接受它的補償。

小鳥的「回歸」力量並不單單只能讓靈魂進入肉體，同時也可以修復靈魂的損傷，對於沒有肉體的死者來說，是最佳的治療師。

夏司宇滿臉問號，他總覺得杜軒感覺起來有些奇怪，而且他剛才明明親眼看到他被手臂壓入水裡，為什麼現在卻看上去什麼事也沒發生。

杜軒望著夏司宇，發現他眉頭皺緊到像是能掐死蚊子，便無奈地說：「先離開這裡，我再慢慢解釋給你聽。」

「……行吧。」

夏司宇似乎有點不滿，但他還是接受了這個決定。

因為這棟大樓確實不安全，趁早離開才是上上策。

於是兩人就這樣往樓梯口走，完全無視躺在地上的打火機，而打火機則是在他們離開後，慢慢變得透明，最後消失不見。

／

當杜軒被手臂壓入水中的時候，他並沒有感覺到痛苦，雖然知道自己氧氣快要不足，可是他完全不擔心沒有逃脫的辦法。

在那名跟他有著同樣面孔的男人完全進入體內後，他發現眼前的視線變得明亮，同時腦海裡閃過無數個畫面，奇妙的是，他不會像之前那樣感覺到痛苦，而是能夠靜靜地去吸收所有資訊，直到「看見」解決眼前危機的方法。

他從手臂的縫隙中鑽出來，像是能夠知道所有手臂的動態，無論它們多麼想抓住他，都能夠輕鬆的閃避。

就這樣，他回到水面，並大口吸氣，努力撐起身體。

說也奇怪，原本深不見底的水窪，在他衝出水面的瞬間不再是無底洞，而是能讓他安然無恙地跪在走廊地板的淺淺積水上。

當他抬起頭，赫然發現被沼澤纏住的夏司宇，而他那水汪汪的雙眼也「看見」了夏司宇打算做出的決定，二話不說立刻起身跑過去，一把拉住夏司宇。

夏司宇見到他，很是驚訝，他知道有很多無法解釋的問題，此時此刻，夏司宇的腦袋裡肯定充滿疑問，但現在不是解釋這些事情的時候。

現在的他已經知道自己為何會重覆出現在這個地方，也明白為什麼小鳥硬是要他到這裡來的原因。

此時此刻，他的腦袋比以往都要來得清晰，就像是撥開迷霧，重見光明的感覺。

順利把夏司宇帶離公寓後沒多久，它便坍塌了，碎裂的水泥塊之中全都是水，而且還在不斷湧出。

杜軒壓低雙眸，沒有停下腳步，繼續拉著夏司宇往前跑。

「等……杜軒，你要去哪？」

「這地方到處都是那傢伙的眼線，他不會放過我們，所以要趕緊離開，到會合地點去。」

「會合地點?你在說什麼?」

「我知道梁宥時會從哪裡打開通道,我們要過去跟他會合。」

「杜軒,你到底是……」

夏司宇被杜軒說的話嚇矇了,因為現在的他,給人一種和之前完全不同的感覺。他充滿自信,似乎什麼都知道,對於所做的決定沒有絲毫猶豫。

在安靜了幾分鐘之後,夏司宇突然家快腳步,來到杜軒身旁,並且把他整個人橫抱起來,直接抱著他跑。

「呃!你又來!」

「這樣比較快,而且我需要解釋。」

「……知道了,我會幫你指引方向。」杜軒果斷接受夏司宇的點子,並用最簡單的一句話解釋自己目前的情況:「我的力量已經完全恢復。」

這個回答完全在預料之內,所以夏司宇並不訝異。

「剛才被奇怪的黑影怪物拖行的那個人,是我隱藏起來的部分力量,當時『管理人』判斷我的『預知』能力必須要有所限制,所以進入肉體的靈魂只有殘缺不全的力量。」

「而現在需要你完整的能力,所以它才會引導你去那間公寓嗎?」

「對,那個跟我長得一樣的男人就是我剩餘的力量,現在他已經進入我的靈魂裡，也就是說我的力量恢復到完整狀態。」

「這麼容易？」

「就是這麼簡單。」

杜軒自己也覺得這整件事情聽起來簡單倒讓人難以相信，但，這就是事實，而這也是他為什麼會頻繁被帶入這個空間的原因。

第一次進入這個空間的時候，似乎驚動了原本保留在這裡的力量，所以他就算能夠成功逃離，回到肉體，仍會因為「預知」的能力而被帶回來，導致肉體必須不斷重複經歷死亡危險。

原本他只會就這樣單純地來來回回，但無奈的是他被黑影人發現了，所以靈魂便被困在這個鬼地方無法離開。

因為力量不完全，因此他這部分的記憶也是殘缺的，直到收回完整的力量才找回這些記憶。

現在的他，不僅僅能自由操控「預知」能力，同時還能看見過去以及未來，簡單來講——他是這個時間點上的「全知」存在。

不過，因為能力剛恢復的關係，能夠「預知」的時間並不長，而且也不能一直發動著能力，這樣反而會讓他剛融和的靈魂變得更加脆弱疲憊。

杜軒看著自己的雙手，慢慢握緊成拳頭。

他本來就只是管理人的靈魂碎片之一，而碎片再分散成小碎片……這樣的行為註定會讓他受到影響，甚至產生某些後遺症。

即便力量無法恢復到全盛時期，但如今這樣也已經足夠拿來對付黑影人。

「所以你現在什麼都知道？」

夏司宇不是很懂這方面的事，但他大概知道，杜軒現在腦袋裡有許多可用的情報，這樣他們就不用老是像無頭蒼蠅一樣，到處蒐集情報。

杜軒苦笑，「算是吧，不過我的靈魂變得很脆弱。」

「意思就是你還是需要我。」

「嗯，當然。」杜軒開心的勾起嘴角，「我們可是搭檔，不是嗎？」

夏司宇垂眼看著他那閃閃發光的表情，輕聲嘆氣。

「看樣子我一輩子都甩不開你。」

「跟著我不好嗎？我現在可是全知全能的神欸。」

「是是是，還是個隨時都有可能灰飛煙滅的神。」

「呃……你還真會吐槽。」

「只是實話實說罷了。」

即便兩人的對話聽上去有點像是在吵架，但語氣都是很輕鬆自在的，不再像之前那樣充滿壓力。

不過，除這件事情之外，夏司宇心裡還存有其他問題。

「剛才那個黑影，應該不是之前那傢伙吧？」

「不完全是，那是它的分身，是只聽從命令行動的影子。」

「它是怎麼找到你藏起來的力量的？」

「我想應該是『管理人』在傳訊息給我的時候聽見的，『管理人』也知道，所以才會要我小心『看門狗』。」

「哈、原來是這樣。」夏司宇黑著臉，表達不滿，「牠就不能用更安全的方式告訴你這件事嗎？這樣根本就像是讓我們主動跳入陷阱。」

「沒辦法，畢竟現在這個地方是『那傢伙』在掌控著，只有把它消滅，才能奪回主動權。」

「消滅？能做得到嗎？」

「可以。」杜軒輕拍夏司宇放在胸口槍套裡的手槍，「用這個就行。」

夏司宇懂了，同時突然有種被拐騙上當的錯覺。

一切都太過巧合，他和杜軒的巧遇，以及後面所發生的事，就好像從一開始就註定要由他來開這把槍似的。

難道說，打從初次見到杜軒那天開始，他就已經踏上賊船了？

「我知道你在想什麼，你猜得沒錯，但這不是我的主意，是『管理人』。」杜軒一眼就看穿夏司宇的想法，並坦白道：「因為你的存在，是『管理人』在將靈魂碎片打散前做的最後一次『預知』，所以它才會以打火機的模樣躲在你身邊。」

「……這證明了一件事。」

「什麼？」

「別隨便亂撿奇怪的東西回去。」

聽到夏司宇得出的結論，杜軒忍不住「噗哈」一聲，大笑出來。

夏司宇一臉尷尬，但又無可奈何。

果然這世上沒有巧合，只有滿滿的套路。

第三夜

生鏽門（上）

在杜軒的指揮下，夏司宇邊對付路邊冒出的怪物，邊帶著他前進。

烏雲密布的天空在這個時機點之下，很不湊巧地開始下起雨來，剛開始只是零星幾滴細雨，但在雷聲響起後沒多久，雨變大了。

水的重量加上被大雨遮掩的視線，讓兩人前進的路變得更加困難，不過杜軒看上去並沒有感到擔憂，反倒很冷靜地讓夏司宇帶著他到旁邊的便利商店去躲雨。

便利商店一樣沒有電力，僅僅只有緊急照明燈，視線不佳這個問題對他們來說或多或少有點影響，但對外面那些怪物來說，也同樣是個問題。

因為溼氣和雨水，他們的氣味被掩蓋，本來視力就不太好的怪物們，靠的就是氣味和聲音來判斷他們的位置，如今卻因為大雨的影響而受到阻礙。

原本在來的路上，杜軒還可以用夏司宇大衣上的氣味來掩蓋自己的存在，可是在離開公寓後，這些怪物很明顯改變了選擇目標的模式。

大概是「黑影人」的命令，估計是原本想在公寓裡將他們一網打盡，沒想到卻出了紕漏，不但讓他成功拿回完整的能力，還讓他們逃走。

所以，這些原本不會攻擊死者的怪物們，開始對夏司宇產生了殺意。

「從後門走？」

夏司宇推開員工室，從那裡面找到通往小路的後門。

杜軒點點頭，一臉難受地說：「全身溼答答的真不舒服。」

「離你說的目的地還有多遠？」

「以你的腳程大概還要十分鐘左右。」

「那慢慢移動過去，好不容易甩開那些傢伙的視線，可以的話我想減少正面衝突的機會。」

「知道了。」杜軒盯著架子上的雨衣，可憐兮兮的問：「那我能穿這個嗎？」

夏司宇黑著臉，果斷否決：「不可以。」

「唉，我就知道。」

杜軒早料到會是這個結果，他也只是抱持著微乎其微的可能性問問看而已。外頭的雨那麼大，即便擦乾身體和頭髮，也沒什麼幫助，但問題就在於淋溼的身體正在慢慢失溫，讓他無法忍耐地顫抖。

夏司宇當然有注意到杜軒蒼白的臉色，可是現在的他也無能為力。

「要不我繼續背著你跑？外套給你當雨衣，多少能擋點雨。」

「不了，我可以自己走。」杜軒看了一眼夏司宇被貫穿身體時弄破的衣服位置，看見那裡的肌膚被凍到發紅，有些擔心地問：「你呢？沒問題？」

「靈魂受損的程度沒你想得那麼嚴重，而且我本來就比你強壯，這點程度不算什麼。」

「哈啊……這就是有訓練的人跟普通人的差別？我明明多少也是有在運動的

說……」

杜軒摸摸自己骨瘦如柴的身體，委屈巴巴地抱怨。

「話說回來，那個打火機呢？」

總算想起打火機存在的杜軒，直到現在才開口問。

夏司宇聳肩，「不知道，別管那東西，反正它想出現的時候就會出現。」

「說的也是。」杜軒摸著下巴思考，「真不知道它在盤算什麼，故意設計這些陷阱、卻不明講，讓人怪不舒服的。」

「你不是有預知能力嗎？難道你不知道『管理人』想幹嘛？」

「也許是因為它是所有靈魂碎片的中樞控制，所以我看不到它的過去跟未來，沒辦法進行預知。」

「……那就別理它，趁現在大雨能夠掩蓋我們的行蹤，快點趕路吧。」

「知道了。」

坦白說，杜軒真心不想再繼續淋雨，可是夏司宇說的很有道理，他們必須把握這個時機點趕快移動，誰也沒辦法確定這場雨什麼時候會停止，若沒有天氣的干擾，那些怪物很快就會撲上來。

「我來帶路。」

「好。」夏司宇捲起袖子，不忘提醒：「待會你就只管往前，無論發生任何事都不可以停下來。」

「呃、你想幹嘛？」

「負責清除障礙，不用擔心，我自己會看狀況判斷，絕對不會和你分開。」

剛開始杜軒還有些不安，直到聽見最後那句話之後才總算放心。

他很清楚夏司宇是聰明人，也不會隨便許下承諾，既然本人都這樣說了，就表示他心裡多少已經有些想法。

杜軒鼓起勇氣，衝進雨中，依照記憶中的預知畫面前往目的地。

夏司宇跟在他身後三步路的距離，一旦有怪物靠過來就立刻率先發動攻擊，明明全都是長相可怕、有著尖牙利齒的怪物，可是夏司宇卻能輕輕鬆鬆在三招內將對方殺掉。

多虧夏司宇的行動力和戰鬥力，杜軒只需要專心找路就好，根本不用擔心自己的性命危險。

「預知」能力的缺陷，正好由夏司宇來填補，不得不承認兩人之間維持著剛剛好的關係，就像他們原本是屬於同個靈魂似的。

突然產生這個念頭，連杜軒自己都嚇一大跳。

他用力拍拍臉頰，甩掉那些奇怪的想法，最後終於來到他「預知」到的地方，但——卻出現了一個大問題。

面前的大門，是通往遊樂園的入口，如今卻不知道為什麼被鐵絲網和拒馬擋住，完全沒有辦法跨過去。

「預知」到的畫面是梁宥時會在裡面的某個遊樂設施打開通道，為了不被黑影人察覺，通道的門是關閉的，只有他透過「預知」能力才知道正確的位置。

梁宥時會這樣做，百分之百是「管理人」的指示，正因為知道他能藉由預知能力知道這件事，所以才能如此大膽地開啟通道。

這是只有他們之間才有辦法做到的事，估計徐永遠那邊也是用類似這種方法讓他主動找過來。

現在他們必須想辦法會合，「黑影人」已經發現「管理人」，所以他們剩下的時間不多，越早行動越好。

雖然他現在也很想用「預知」能力來確認未來的事，可是他不能隨便浪費力氣，而且在事情發生前幾分鐘看見的未來會更加準確、穩定，間隔時間如果太久的話，「預知」能力的準確度也會下降。

光是短短的一分鐘，若是發生什麼意外事件，未來就會產生巨大的變化，所以預知的未來時間點越長，越不穩定。

他的能力只是一種觀察方式，並沒有辦法直接改變，而有些未來是無法避免的。

看上去現在的他似乎已經成為全知全能、相當厲害的人物，但實際上杜軒心裡比誰都清楚，這個能力是把兩面刃。

「知道未來」和「能夠改變未來」，完全是不同的兩回事。

「這附近的怪物有點多。」夏司宇發現遊樂園前面的拒馬後，觀察周圍，並順勢拉住杜軒的手腕，「只要進去裡面就可以對吧？」

「對，沒錯……你打算做什麼？」

杜軒被夏司宇傻傻拉著跑，繞著遊樂園的外牆，最後像是終於選定位置，停下腳步，抬起頭盯著牆上看。

當他意識到夏司宇的想法後，下一秒整個人就像是沙包般被扛在肩膀，搖搖晃晃地被跳起來，沒兩三下就被爬上水泥牆，輕輕鬆鬆進入裡面。

因為晃動的幅度有點大，杜軒差點沒咬到舌頭，在安全落地後夏司宇把他放下來，這才看見他臉色鐵青，不是很好看。

「是我晃得太用力？」

「呃、不是……你到底怎麼做到的？」

「牆壁有些剝落的部分，踩著就能爬上去。」

「扛著我都能爬？」

「我訓練的時候都是扛石頭，而且爬的牆壁還不比這個好爬。」

「行吧我看你就是想炫耀。」

杜軒果斷放棄和夏司宇進行討論，每次跟他聊這種事，都會讓他嚴重懷疑自己跟他生活的世界究竟有多大的不同。

雨稍稍變小了些，不過溫度卻比剛才還要冷。

因為拒馬的關係，外面的怪物進不來，能讓杜軒暫時不用擔心性命的安危。

遊樂園裡面破破爛爛的，看上去已經很久沒有使用過，到處都是生鏽的痕跡，植物也到處亂長，覆蓋在遊樂設施上面。

杜軒還滿喜歡這種遺跡風格的地方，直到夏司宇突然伸手擋在他的面前，臉色凝重的盯著離門口最近的旋轉木馬。

旋轉盤上的坐騎很多都不見蹤影，只剩下零星幾個，看起來也搖搖欲墜的，另外還有幾個損壞的木馬插在旁邊的圍欄上，地板也躺著幾個。

第一眼看上去沒有什麼問題，但杜軒知道夏司宇不是那種神經兮兮的人，不敢大意。

「怎麼了？」

「這裡的氣氛不太對。」

「有怪物？」

「不，跟那些東西的感覺不太一樣。」

夏司宇四處張望，但老實說沒有發現值得讓人留意的問題點。

停頓幾秒後，遊樂園的入口位置傳來怪物的吼叫聲，拉回兩人的注意力。

「因為雨變小，大概是嗅到我們的氣味了。」

夏司宇冷靜地說，杜軒倒是很不安。

「呃、牠們不會衝進來吧？」

「遠離就好，不用擔心。」

比起這個詭異的地方，絕對是對付那些怪物要來得辛苦。

兩人在做出決定後選擇進入遊樂園內部，而杜軒也開始根據「預知」尋找梁宥時隱藏在這裡的「門」。

「你說的那扇門有什麼特徵嗎？」

「生鏽得很嚴重，漆也掉得差不多，不過能大概看得出是扇藍色的門。」

「周圍有些什麼？」

「都是些雜草，還有就是很多金屬，感覺很像是某種遊樂設施。」

「聽起來很像是遊樂設施的控制室。」

「啊，對了！還有點溼溼的！」

「這情報根本沒辦法作為線索，外面還在下雨，附近應該沒有地方是乾的吧。」

「……你說的也對。」

剛開始杜軒還以為是水上遊樂設施，沒想到下雨這一點，幸好夏司宇的腦袋瓜比他還要清楚。

「夏司宇，你看這個！」

杜軒發現前面的板子，急忙跑過去把掛在上面的樹藤撥開。

是遊樂園地圖，而且從這張地圖來看，除了現在他們所站的這個園區之外，上坡還有另外一區。

怪不得——他還想說遊樂園怎麼這麼小，原來上面還有。

「看來得爬坡了，你沒問題吧？」

「我可以，拜託別再說要背我什麼的。」

「沒事。」夏司宇摸摸他的頭，勾起嘴角，「我只是不想讓你太勉強自己。」

就在兩人決定往上走的時候，雨停了。

天空仍灰濛濛的，但至少已經不用再繼續淋雨。

「哈、哈啾！」

杜軒吸了吸鼻子，冷到發抖。

總感覺溫度比下雨時還要冷，全身又黏又溼的，讓他感覺自己好像快要生病。

夏司宇看了一眼上坡路旁邊的商店，便把人拉過去。

「做什麼？不是要上去嗎？」

「先讓你暖和起來再走也不遲。」

雖然還沒有完全擺脫危險，可是夏司宇也很清楚以杜軒的體力，不能再撐著冷冰冰的身軀繼續往下走。

反正有他在，就算真發生什麼，他也會保護到底。

對自己有絕對自信的夏司宇，就這樣決定無視隱藏的危險感，先把人弄乾再說。

在杜軒被夏司宇拖進商店裡之後，入口廣場位置的旋轉木馬，發出嘎嘎聲響，並慢慢地、僵硬地開始轉動起來。

它沒有配合音樂，而是參雜著金屬磨損的尖銳聲響。

旋轉台上的木馬不規則地轉動著眼珠子，就像是被硬生生塞入活人的眼睛，台下的那幾個木馬上的眼珠也同樣開始轉動。

最後，這些眼珠子同時往商店的方向看過去，並且從牙齒的位置，發出咯咯聲，磨牙的力道非常大，連烤漆都被磨成粉末，可是「它們」並不在意。

兩種聲音混雜在一起，令人毛骨悚然，但這樣的情況卻只有維持短短的幾分鐘。

很快，周圍歸於平靜。

而原本待在旋轉盤上的木馬，悄悄地失去了蹤影。

遊樂園裡的商店架上幾乎都是賣周邊商品，對目前的他們來說，全都是不實用的東西。

杜軒隨意拿起架上的搖頭公仔，用手只輕輕碰觸彈簧，看著它搖頭晃腦的模樣，心情稍微變得有些輕鬆。

突然，繡著遊樂園名字的毛巾蓋住他的頭，杜軒嚇了一跳，將頭向後仰，眨眨眼盯著面無表情的夏司宇。

「你從哪找來的？」

「旁邊架子。」

「感覺你很熟這裡，以前來過？」

「怎麼可能，別廢話，趕緊把身體擦乾。」

夏司宇邊說邊盯著窗外看，眼裡一點笑容也沒有，倒像是在提防什麼。

杜軒拉著毛巾，嘟起嘴抱怨：「你知道我可以預知看看有什麼危險的。」

「不是說了你的靈魂還處於不穩定的狀態，太常使用不好嗎？」

「說是說過……」

「沒事的，就算不靠你的能力，我也能保護得了你。」

夏司宇將手掌心蓋在杜軒的頭上，杜軒還以為他又要像之前那樣摸他的頭，沒想到他竟然用粗魯的動作替他擦頭。

「呃！痛！」

「沒時間給你換衣服，所以能擦就擦，至少得讓你身體暖起來。」

「你這是打算摩擦生熱嗎！我的頭皮都快被你搓破了！」

「我剛才給過你機會，讓你自己擦的。」

比不過夏司宇的力氣，杜軒只能乖乖妥協，讓他擦到滿意為止。

身體擦乾後，夏司宇又不知道從哪找來乾樹枝跟生火道具，熟練地找了個安全的角落替他生火取暖。

杜軒原本是急著想要去找那扇門，但冷冰冰的身體　碰到暖呼呼的火堆就立刻妥協，完全拋棄想要離開這裡的念頭。

不過，他再怎麼樣也不可能真的這樣做，對現在的他們來說，只有盡快會合、把黑影收拾掉，才能真正解除危機。

然後在這之後——

「時間差不多了。」夏司宇的話打斷正在思考的杜軒，他伸出手抓住杜軒的手腕，確認他的體溫後，用軍靴將火焰踩熄。

突然之間溫暖的火就這樣消失不見，杜軒心裡多少有些失望，但他很清楚自己不能一直耗在這裡。

「待會出去後跟著我，不要離我太遠，至少要待在我可以伸手抓住你的距離。」

「外面有什麼嗎？」

跟夏司宇一起行動久了，杜軒自然能夠從他的臉色察覺一些事。例如他現在的表情，就像是在說外面有危險，但不太能確定對方意圖。

夏司宇替杜軒整理好衣服，並沒有回答問題，很快就轉頭走出去。杜軒無奈嘆氣，乖乖跟在後面，照他說的保持「安全距離」。

外面並沒有他想的那些奇怪的事發生，也沒有看到怪物之類的東西，他們爬上地圖旁的坡道，沿著彎曲的路徑來到上面的遊戲區。

這裡的遊樂設施和大門口沒什麼不同，但樹跟雜草的數量增加不少，能走的路很有限。

他們爬上來的這條路，還可以繼續往上，杜軒和夏司宇簡單巡視過附近，確定沒有那扇門的存在後，便往上爬。

最後這層，像是個小小的山丘，路也僅止於此。

讓杜軒感到驚訝的是，這裡的遊樂設施毀損程度比較嚴重，可能是因為沒有遮蔽物的關係，整天風吹雨淋，所以金屬腐蝕的速度也增快。

這裡的遊樂設施都比較大型，除旋轉的高空鞦韆和繞著整座山丘的雲霄飛車之外，還有建在山崖邊的摩天輪。

老實說，杜軒真的很想問問蓋這間遊樂園的人究竟在想些什麼，把這些遊樂設施全放在一起難道不危險嗎？

不過在這個問題之前，還有個更令他困惑的事。外面的街道雖然都是他生活的地方，所以印象特別深刻，但這座遊樂園卻完全不在他的記憶裡，而且他百分之兩百肯定，他住的那個城市裡絕對沒有能夠靠雙腿到達的遊樂園，更別說還是建在半山腰的這種。

他是順著「預知」來到這的，所以並沒有認真思考過這個問題，如今才反應過來，連他都覺得自己愚蠢到家。

看來這個空間果然又是拼湊起來的，完全無法靠正常的理論來解釋眼前所見到的一切。

「感覺這裡也不像是有那扇門的樣子，所以那東西到底在哪啊……」

杜軒摸著下巴，完全陷入思考，對眼前的狀況感到不解。

能力能恢復是不錯，但總覺得現在的他所能預知到的情況，並沒有比恢復前來得好，嚴格來說他現在就像是個半吊子的預言家。

「我說，還是讓我使用能力重新預……」

話都還沒說完，他的嘴就突然被夏司宇的手摀住，差點無法呼吸。

杜軒臉色鐵青地看向夏司宇，發現他眼神銳利的盯著某個方向，警惕的模樣讓他知道自己最好閉上嘴巴。

周圍原本就很安靜，但在被夏司宇轉移注意力加上摀住嘴巴後，杜軒只能聽見自己緊張的呼吸聲。

咯、咯咯咯……

咯咯、匡啷。

空氣裡迴盪著金屬聲響，如果不仔細聽的話，還真的聽不太清楚。

杜軒不知道夏司宇怎麼發現這些聲音的，但很顯然，這不是什麼好事。

似乎有某種「東西」正在蠢蠢欲動，可是他實在看不出來附近有什麼變化。

而事實證明，人不能把話說得太滿。

就在杜軒剛這麼想的下一秒，突然傳來重物落地的聲音，這次聲音傳來的方向非常清楚，因為那原本停滯不動的摩天輪，不知怎地從支架脫落，高速往他們滾過來。

「嗚哇啊！」

杜軒發出怪聲，還差點咬到舌頭，相較之下夏司宇倒是很冷靜，他看清楚摩天輪的移動路線後，直接拉著杜軒閃避。

原以為閃過就沒問題，誰想到得到沒能輾過他們的摩天輪，突然一個急轉彎，像是有人操控的輪胎，又往他們身上撞過來。

摩天輪的速度很快，杜軒都還沒站穩腳步，就被夏司宇提起來，往後蹬步閃開。

夏司宇就像是靈活的兔子，算準距離、寬度、還有摩天輪撞上來的時間差，一次次平安無事地躲開攻擊，完全把摩天輪玩弄在掌心裡。

滾動的摩天輪似乎生氣了，它改變攻擊模式，不再衝撞他們，而是圍繞在周圍，像是要把他們困在裡面。

而這種行為很顯然，就是在為下一波攻擊作準備。

意識到這件事的同時，地底鑽出許多插著鋼管的鐵馬，這些東西很眼熟，因為他們剛進大門的時候就看到了。

——是旋轉木馬上的那些坐騎！

這些鐵馬就像是真正的馬匹，雖然個子矮小，但口吐白沫、嘴裡吐出尖牙的模樣，真的很難把它和浪漫可愛的旋轉木馬畫上等號。

不規則的尖牙就像是天生的人肉絞碎機，被咬到不是開玩笑的！

夏司宇慢慢把杜軒放下來，並小聲對他說：「先把這些東西解決了再想辦法逃出去。」

「解決？你打算赤手空拳跟這些東西打？」

他們現在唯一的武器，就只有拿來殺死者的手槍，他們根本不清楚這種子彈能不能對付怪物，也不想在這種地方浪費珍貴的武器資源。

夏司宇拿出手槍，握住槍管，勾起嘴角笑道：「你看著就好，自己留意。」

真不知道他這句話是好心提醒，還是故意酸他，總之杜軒非常不喜歡聽他說這種話，但夏司宇也沒給他機會抱怨，一個人衝向那些鐵馬。

鐵馬一隻隻狂爆地衝向他，很快就把夏司宇包圍起來，可是夏司宇卻不慌不忙，直接將手槍的槍托作為鈍器，橫掃朝他張開血盆大口的鐵馬。

鐵馬的嘴角裂開，它高高抬起頭，停止三秒行動後又再次撲向夏司宇。

夏司宇一腳踹在它的嘴巴上，就這樣直接把鐵馬狠踩在腳下，緊接著其他鐵馬也跟著進行攻擊，想把夏司宇從同伴身上趕走。

他壓低雙眸，抬腿離開倒地的鐵馬，向後退，讓鐵馬的攻擊撲空，接著再蹲下身，以槍托重擊鐵馬身體脆弱的部位。

就這樣經過幾次敲打同樣的位置，直到最後鐵馬的身體開始裂開，只能不斷顫抖，無法再進行攻擊為止。

在一旁看著整場戰鬥的杜軒，驚呆了。

原來夏司宇早就看穿這些生鏽鐵馬的脆弱部位，怪不得一副游刃有餘的樣子！不愧是戰鬥專家，在這種情況下還可以如此冷靜並做出判斷，一般人絕對做不到。

最後的結果可想而知，是夏司宇的完全勝利，然而他們的危險並沒有因為鐵馬陣亡而結束。

圍繞著他們自轉的摩天輪，速度漸漸變慢，最後搖搖晃晃地往他們倆個人的頭頂砸下來。

杜軒注意到的時候早就已經來不及閃躲，反應比他快的夏司宇撲過來將人護在懷裡，用雙手遮住他的頭部，抱緊他蹲在地上。

碰的一聲巨響，杜軒嚇得抖了一下身體。

原以為會這樣被壓在底下，但他卻發現什麼事也沒發生，於是便慢慢將頭抬起。

不知道是幸運還是一切都在夏司宇的掌控中，他們正好位在摩天輪鐵架的縫隙中，所以沒有被壓住，除身上有些灰塵之外，一點小擦傷也沒有。

「哈啊——嚇、嚇死我了……」

杜軒心有餘悸地抓著夏司宇的衣服，臉色蒼白的他，手還在顫抖。

夏司宇轉頭望向四周，摩天輪倒下來正好也把那些木馬砸了個稀巴爛，不用擔心這些東西還會突然爬起來攻擊。

「這、這裡到底是怎麼回事？為什麼遊樂設施還會主動攻擊人的！」

非生命體的怪物，除警笛頭之外他還是第一次見到！

「總之，在這種情況下要找那扇門很困難，動作要加快了。」

夏司宇就這樣直接把杜軒抱起來，輕輕鬆鬆從摩天輪的鐵架中央跳出去。

但才解除危險不到幾分鐘的時間，冷冰冰的鐵鍊突然朝他們揮過來，夏司宇眼角餘光瞄到後，將身體向後傾斜，艱難地抱著杜軒閃避。

後腿狠狠踩在地上，好不容易才穩住身體，但鐵鍊的數量比他想得還多，又繼續連續揮打過來。

夏司宇往後退了兩步，原本是想先把杜軒跟這些東西拉開距離，卻意外發現它們沒有繼續往前攻擊，而是停在原處胡亂揮舞。

簡直就像是章魚的觸手。

杜軒和夏司宇看到這些胡亂揮舞的鐵鍊後，對看一眼，順著鐵鍊的方向看著它的本體。

是剛才那個高空盪鞦韆。

看樣子它是有固定攻擊範圍的，只要別接近就不會有問題，相較於木馬和摩天輪，這東西好對付太多了。

「嗚哇，還真像海葵。」

「海葵的觸鬚可不會殺人。」

「我只是說它立在那裡揮動鐵鍊的模樣很像而已。」

「但它的位置剛好就在坡道附近，要下去的話就得進到它的攻擊範圍。」

「總有別條路能走吧，這裡那麼大，不可能只有那個坡道可以走。」

「……如果你不怕的話，我是可以從山坡直接抱著你滑下去。」

杜軒想像了一下畫面後，嚴正拒絕。

「不，我怕爆了所以拜託不要。」

夏司宇眨眨眼，把人放下來，「好吧，都聽你的。那接下來要往哪走？」

「我們找了那麼多遊樂設施，都沒發現那扇門，可能是因為我們一開始就找錯方向才會這樣。」

「那麼你說的那扇溼溼的、生鏽藍色門在哪？」

「……我想進行更完整的預知，可是現在這情況，我真的沒辦法安心使用能力。」

「找個東西而已也不需要動用那個力量，你就好好把力量保留在對付那傢伙的時候，我可不希望你能利用過頭，又昏倒。」

「我才沒那麼弱，而且只是預知一下後面幾分鐘的時間而已，不會太耗費力量的。」杜軒悶悶不樂地噘嘴抱怨。

夏司宇盯著他那氣呼呼的表情，嘆了口氣，最終也只能順他的意。

「別使用過度，聽見沒？」

「嗯！」

杜軒點頭回應後，慢慢垂低雙眸，直到完全闔眼。

「預知」的力量開啟，他看見無數個畫面，而這些全都是所有「時間線」可能會發生的未來，現在他要做的，就是從這些未來裡找出門的位置。

杜軒認真尋找著「未來」，沒注意到自己的臉色越來越不好、汗水也越冒越多。

夏司宇看著杜軒不太舒服的表情，加上附近又傳出機械聲，急忙抓住他的肩膀。

「喂！夠了，停下來。」

杜軒猛然睜開眼，眼裡佈滿血絲，因疲倦而大口喘息，但他的臉上卻露出笑容。

「找到了。」他用著那顫抖、無力的聲音，開心地對夏司宇說：「我看——」

話還沒說完，左側突然飛過來一條鋼筋，夏司宇二話不說就重新把人壓入懷裡，將他撲倒在地上，勉強閃過攻擊。

杜軒瞪大眼看著插在遊戲控制室上的鋼筋，張著嘴，連聲音都發不出來。

夏司宇重新將他拉起來，返身奔入旁邊的樹林，藉由樹幹來遮掩兩人的行蹤。

「等、等等，我們得回去……」

「嘖！」

回過神來的杜軒急忙阻止，可是夏司宇卻突然咋舌，並停下來。

他將杜軒護在身後，緊緊盯著前方的兩盞燈光。

「夏、夏司宇，那是什麼……東西……」

「該死，沒完沒了。」

夏司宇並沒有回答他，然而很快地，杜軒就透過自己的雙眼知道了答案。

低沉的引擎聲迴盪在樹林裡，兩盞燈快速朝他們衝過來。

夏司宇拉著杜軒閃過，杜軒這才發現，追著他們的竟然是小型車——更正確來說，是那種在室內遊樂設施裡常見的碰碰車！

先是旋轉木馬，再來是摩天輪跟高空盪鞦韆，現在又出現碰碰車——這下子真的是要把遊樂園的人氣設施全都體驗過一輪的意思嗎。

他原本是不怎麼討厭遊樂園的，但接二連三遭遇的危險，讓杜軒開始下意識對遊樂園產生陰影。

如果可以，他真想在正常模式下玩這些遊樂設施。

第四夜

生鏽門（下）

碰碰車的數量很多，從頭燈來判斷，至少有五六台左右。

不知不覺中，他們已經被車頭燈包圍，雖說這樣很好判斷它們的位置，但看得到不代表閃得過，要靠雙腿跟引擎硬拚，根本是亂來。

「嘖。」

在進退不得的情況下，杜軒又聽見夏司宇不快的咋舌聲，不由得冷汗直冒。

「夏、夏司宇……」

杜軒緊緊抓住夏司宇的衣服，但下一秒，這些碰碰車就又衝過來。

這樣的速度和距離，連他也知道大致上是閃不過去了。

正當他閉上雙眼，決定接受衝擊的同時，身體突然輕盈地飛起來。

睜開眼，他發現自己正攀在夏司宇的身上，而夏司宇不知道哪來的力氣，竟然能帶著他往上跳，一手抓著樹枝，一手抱著他，就這樣掛在樹上。

碰碰車從腳底竄過，它們速度很快，發瘋似的到處亂竄，把那片好端端的草地糟蹋成一片泥濘。

「你怎麼做到的？」

夏司宇看了杜軒一眼，沒有回答他的問題，而是用命令的口吻對他說：「抓緊。」

杜軒不知道夏司宇打算做什麼，直到發現他把抓住自己的手鬆開，轉而用雙手抓住樹枝。

當他整個人往下滑的瞬間，求生欲讓杜軒急忙像個無尾熊一樣黏在夏司宇身上。

夏司宇完全不顧他的重量，輕輕鬆鬆將身體向上撐，無視地心引力的存在，就這樣帶著他安然無恙的蹲在樹枝上。

雖然雙腳有東西踩的感覺很好，可是杜軒很怕自己一個不小心摔下去，仍黏在夏司宇身上不肯離開。

夏司宇不管他，低頭觀察那些碰碰車。

「這些東西估計是不會放我們離開，在這裡跟它們僵持不是好辦法。」夏司宇皺眉，不太高興地咕噥：「我還以為逃進樹林裡是個好辦法，沒想到它們比想像中還要靈敏。」

「它們不會把我們撞下來吧？」

杜軒邊抖邊說，可能是因為太過緊張的關係，所以手臂力量有點不足。

話才剛說完，其中一台碰碰車就狠狠撞擊旁邊的樹幹，接著其他幾台車也跟著照做，開始攻擊樹幹。

夏司宇張開口，原本想說什麼，但最後還是放棄了。

杜軒一臉歉意，都怪他烏鴉嘴。

碰碰車也在撞擊他們這棵樹，夏司宇很穩、完全不受動搖，杜軒倒是完全不行，幾次差點掉下去，好在夏司宇都會伸手拉他一把。

「現、現在怎麼辦？」

夏司宇看了杜軒一眼後，很快又轉回去盯著這幾台碰碰車。

「辦法是有，但你得保證能自己待在樹上，不會掉下來。」

「呃……要怎麼做？我又不像你，下盤那麼穩。」

「你真該鍛鍊鍛鍊……哈、算了。」夏司宇把杜軒抓住自己的手拉開，轉而讓他趴在旁邊的樹幹上，並嚴厲提醒：「我去處理掉它們，你待在這裡別亂跑。」

「現在這樣我就算想跑也跑不掉吧！」

夏司宇根本不打算聽杜軒廢話，直接跳下去。

暫時失去依靠的杜軒只能改成坐姿，照夏司宇的命令緊緊抱著樹幹，不敢亂動。

他看見夏司宇獨自站在碰碰車群中，似乎沒有什麼特別的想法，直到他發現夏司宇完全不打算閃躲碰碰車，就這樣眼睜睜看著它撞過來。

就在他以為夏司宇會直接被撞上的瞬間，碰碰車撞到的並不是夏司宇，而是另一台碰碰車。

杜軒啞口無言，接二連三看著夏司宇又用同樣的方式讓碰碰車相撞，這時他才終於搞懂夏司宇想到什麼辦法對付這些碰碰車。

杜軒不知道夏司宇是怎麼看穿碰碰車的行動路徑，並且在它絕對無法反應過來的瞬間閃避，好讓它們撞在一起，但不得不承認，這個方式並不是每個人都能做得到。

有時候他真的覺得夏司宇強得可怕，因為他總是能帶給人出乎意料之外的結果。

「夏司宇……你這瘋子……」

這些碰碰車撞個稀巴爛之後，也就跟著失去動靜。

確認它們沒有反應後，夏司宇抬頭望著樹枝上的杜軒，並朝他張開雙手。

杜軒臉色鐵青，尷尬地問：「你該不會是要我跳下去？」

雖然這點距離確實不高，不過他腿沒力氣，根本動不了。

夏司宇見他一直沒有反應，等得有點不耐煩，便直接抬起腿狠踹樹幹。

一陣劇烈震動，杜軒手滑，整個人不穩地掉下來。

「嗚哇！」

杜軒嚇得手舞足蹈，還以為會摔得鼻青眼腫，但他卻整個人好端端地被夏司宇接個正著，完全沒事。

夏司宇將安然無恙的他放下來之後，發現杜軒滿臉通紅，困惑地歪頭。

「你臉怎麼了？」

「不，沒事。」杜軒自覺羞愧，有點不知道該拿什麼表情面對夏司宇。

跟這個軍人比起來，他真的一點也不像個男子漢，怪不得夏司宇老覺得他虛弱。

轟轟轟。

引擎聲突然傳來，聽起來就像是在抱怨似的。

杜軒嚇了一跳，轉頭盯著車頭砸爛的碰碰車，無奈苦笑。

「那東西不會再突然撞過來吧？」

「玩具車不耐撞，現在只要把它當成廢鐵就好。」夏司宇一派輕鬆地回答。

雖然夏司宇這麼說，但杜軒聽到轟轟作響的引擎聲，還是有點怕怕的。

「先離開這裡。」

「嗯……嗯嗯。」

杜軒跟在夏司宇身後，當他們穿過樹林回到摩天輪在的地方後，發現高空盪鞦韆還在甩著它的鐵鍊，而且在發現他們回來之後甩得更加勤奮了。

因為它沒辦法移動，只能在原地甩來甩去，所以看上去還有點可愛。

「你確定你說的門在這裡？」

「嗯，因為畫面中有摩天輪那些東西在。」

杜軒邊回答邊轉頭看其他地方，他不可能會看錯預知內容，而且他們也沒能好好找過這附近，所以直覺認為那扇門肯定藏在這裡的某個地方。

「藍色的……還有很多溼答答的金屬……」

杜軒一邊呢喃，一邊往深處走。

現在這附近看上去已經恢復平靜，所以杜軒膽子也大了點，主動往裡面探索。

可惜的是，在經過兩、三個遊樂設施後，眼前就只剩下還在整修的區域。

杜軒剛開始還以為沒戲唱了，正打算放棄的時候，映入眼簾的景象讓他欣喜地睜大雙眸。

「找、找到了！」

夏司宇聽見杜軒的驚呼聲，便走過去看，接著下一秒，臉色就整個垮下來。

「喂，你說找到了是什麼意思？」

「藍色的門、溼答答的，然後旁邊有很多金屬！」杜軒開心地指著放在工地一樓的流動廁所說：「絕對就是它沒錯！」

夏司宇強忍著脾氣，沒有直接開口否定。

居然說逃生門就是那扇流動廁所的門，這跟他們原本找的目標完全不同。

「沒想到居然在這種地方。」

「我也沒想到。」夏司宇大口嘆氣，心裡充滿無奈，但是沒辦法。

杜軒的預知從來就沒出過差錯，即便他百般不願，也只能妥協。

走近觀察後，夏司宇發現這扇門和杜軒形容的有點不太一樣，對此產生懷疑。

「你不是說那扇門生鏽得很嚴重，還掉漆嗎？但這扇門看起來是塑膠的。」

杜軒眨眨眼，似乎也同樣感到困惑，沉思的他並沒有立刻開口回答。

確實就像夏司宇所說的，可是這扇門已經是最接近預知裡的那扇門了。

「要不繼續找找看？這麼大的工地不可能就只有一間廁所吧。」

正當杜軒提議的同時，天空落下幾滴雨。

幾分鐘後，又開始下起滂沱大雨，夏司宇和杜軒沒辦法，只能暫時躲進整修到一半、被隔音布幕罩住的建築裡。

裡面還架著鋼筋水泥，只能知道是個三層樓高的建築物，但不清楚這裡在蓋什麼樣的遊樂設施。

有一點很奇怪，就是樓層放著許多拒馬以及用鐵絲分割出來的區域，看起來就像是把它們當作臨時使用的牆壁。

「……喂。」和他一起仰頭看著建築物的夏司宇，突然眉頭一皺，察覺出情況有點不太對勁，低聲說道：「那上面放著的，該不會也是廁所吧？」

夏司宇說的廁所，杜軒也有注意到。

它們都是單獨一間被放置在每層樓，位置不同，但數量多到有點不太正常。

每個流動廁所都和他剛才在外面看到的一樣，除了斑駁、毀損之外，有些甚至沒有門，不過這些都和他預知裡的「門」有些許的不同。

這下子，連他自己也開始產生混亂了。

「這些都不是你想找的門吧？」

「……看樣子是。」

在意識到這裡並不是他們要找的「出口」，下個瞬間，那些纏繞在鋼筋水泥上的鐵絲突然像蟒蛇般朝他們撲過來。

它直直插入杜軒站的位置，但是沒有傷到他半分，因為夏司宇早在前一秒就已經先拽住他的衣領把人往後拉。

鐵絲很細，速度也很快，以這種攻擊模式，輕而易舉就能把人串成肉丸子。

夏司宇帶著杜軒，二話不說就逃出去，幸好兩人就站在出口附近，所以很快就能逃走。

可是當他們掀開隔音布之後，就看到在滂沱大雨中，聳立於兩人眼前的那間流動廁所。

這是剛才一進來就看到的那間廁所，是什麼時候轉移到這裡來的！

突然間，兩人同時想到一個重點。

——這個地方，無生命體都能夠自由進行移動。

原本他們以為只有那些遊樂設施才會變成這樣，但現在看來，這個想法是錯的。

所有東西都能移動並進行攻擊，並不只有那些遊樂設施而已！

不過問題是，廁所要怎麼攻擊他們？直直衝撞過來嗎？

杜軒原本只是單純自嘲，沒想到才剛這樣想，廁所就還真的迎面撞過來。

「嗚哇！」

「嘖！」

夏司宇再次把人拉開，但在後退的同時，背後那些鐵絲穿破隔音布，如尖銳的針刺，想要貫穿他們的身體。

他先向後退一步踩穩腳，接著把身體騰空的杜軒橫抱在懷裡，瞬間壓低身體。鐵絲從他頭頂上方掠過，就這樣湊巧地將撞過來的流動廁所插成刺蝟。

鐵絲似乎很不滿，直接就把廁所撕碎，重新向兩人發動攻擊。

工地區的地面因為大雨的關係，變得更加泥濘難行，夏司宇就這樣抱著杜軒左閃右躲，勉強閃過攻擊，但也不能說是安然無恙。

雖然沒有被插中身體，可是鐵絲擦過夏司宇的軀幹和四肢，留下不少傷痕。

流出的鮮血和雨水融在一起，一滴滴落在泥濘的土地裡，完全看不清楚他已經流多少血，所幸這樣的攻擊並沒有持續太久時間，夏司宇邊閃避邊和工地拉開距離，好不容易終於把杜軒帶離那個瘋狂的地方。

兩人淋著大雨，杜軒晃著身軀躺在夏司宇的懷中，打算再次回到樹林裡找地方躲藏，如果說遊樂園裡所有非生命的物體都會攻擊他們，那麼那裡就沒有真正安全的地方。

然而，事情沒有如他們想像得那樣順利。

通往樹林的那側區域，不知道什麼時候被拒馬和鐵絲封死，完全無法通行。

「什、什麼……之前明明……」

「哈！看來那些傢伙猜到我們想往哪逃了。」

「怎麼辦？難道只能硬碰硬？」

夏司宇把杜軒放下來，脫下大衣蓋住他淋溼的腦袋瓜。

「先用這遮著，老是淋雨對身體不好。」

大衣上還有夏司宇的體溫，稍微讓因淋溼而失溫的身體取得一些溫暖，而且這件大衣夠厚，雖然有點沉，但作為擋雨用的臨時雨傘還不錯。

「那你呢？」

夏司宇轉頭看了他一眼後，撇開視線。

「我去把煩人的高空鞦韆處理掉，既然沒辦法躲，就正面硬衝出去。」

「你一個人是想怎麼做？又沒有武器！」

「把它毀掉不就好了，我有的是辦法。」

就在夏司宇自信滿滿地說完後，下一秒高空鞦韆地方向就傳出爆炸聲。

一大片火光燃燒於大雨之中，同時也將兩人的目光吸引過去。

高空鞦韆像是被炸彈炸掉似的，毀得一乾二淨，而在那無法被雨水澆熄的火焰裡，慢慢走出幾個黑色人影。

夏司宇第一反應就是將杜軒護在身後，拔出手槍瞄準對方。

雖然不知道那些人是誰，但他可以從氣息判斷出來，這群人是死者。

「該死，還以為這裡只有我們……」

夏司宇很慌張，因為現在根本來不及躲藏，加上對方有六個人，如果真要正面硬打的話，百分之百是他們不利。

「哇！大哥你冷靜點，我們不是來討拳頭的！」

在大雨中，他們清楚聽見對方用客氣的口吻和他們說話，就好像認識他們似的。

而且這聲音，聽起來有點耳熟。

「被鬣狗用槍指著真讓人不舒服。」

「你還說，就叫你別用榴彈打那東西，你非得要引起這麼大的騷動把人嚇死！」

「這樣比較快。」

「快個屁啊！我們是來幫忙的，要是鬣狗突然衝過來往我們身上開槍怎麼辦！那傢伙一個人能抵十個人的戰力好嘛！」

兩個正在吵嘴的男人身後，出現一個和藹可親的笑容，接著他伸出拳頭，毫不留情地往這兩個人的後腦勺扁下去。

杜軒看見那個男人的臉，驚訝得張大嘴巴。

那個人怎麼會在這？如果他在的話就表示這群人是——

夏司宇不是很歡迎這群人，他抖了一下眉毛後，將槍收起來。

「嘖……蘇亞。」

「喂！你就這樣跟人打招呼的嗎？我可是聽得一清二楚。」

蘇亞沒想到夏司宇見到他居然會直接咋舌，虧他還因為重逢而感到高興。

杜軒的反應和夏司宇不同，他很開心地說：「太好了！你們沒事！」

蘇亞被杜軒直率的反應嚇到，身後的凱跟賽門也同樣盯著杜軒看，短短幾秒鐘的時間，這些殺人如麻的傭兵都開始忍不住喜歡起這個對他們始終如一的活人。

不知道是不是覺得有些懷念，賽門忍不住脫口說道：「你還真是不怕我們啊……」

「我為什麼要怕？」杜軒被賽門提出的疑問感到困惑，他挑眉盯著對方，發現他們看著自己的視線令人頭皮發麻。

直覺感受到危險的杜軒，躲回夏司宇身旁。

「總、總之，你們沒事就好……不過你們怎麼會在這裡？」

「是啊，我也想知道為什麼。」夏司宇瞇起眼，警惕眼前的蘇亞一行人，「就像是早知道我們在這裡，『特地』過來見我們似的。」

蘇亞又感受到夏司宇那想把他喉嚨撕爛的視線，不由得苦笑。

「來幫忙的——這樣說的話你會信嗎？」

「你當我很好騙是不是？」

「就是知道對你說謊沒意義我才老實講。」蘇亞嘆口氣，「離開人工島之後，有隻黑鳥突然冒出來要我幫你們，因為答應了牠，所以我才會出現在這。」

「牠跟你提了什麼條件？」

夏司宇瞇起眼，和蘇亞那皮笑肉不笑的瑞利眼眸對上。

蘇亞勾起嘴角笑道：「……因為你們似乎在做有趣的事，所以牠說了，如果我們加入的話就能得到好處。」

「傭兵可不是什麼慈善職業。」

「那你就當我是來幫朋友忙的吧。」

看樣子，蘇亞是不打算說出自己和「管理人」之間的交易內容，不過夏司宇和杜軒都很驚訝，沒想到「管理人」竟然會去找蘇亞來幫忙。

那隻看起來人畜無害的小鳥，腦子裡究竟有多少沒說出口的秘密？

「沒武器很麻煩，所以我給你帶了這個。」

蘇亞邊說邊把手槍扔給夏司宇。

夏司宇接住後，迅速扯動，並握住槍托試手感。

嗯，槍不錯。

「這把槍絕對比你原本拿的那把好用，也比較好防身。」

「……謝謝。」

「現在可以安心讓我們跟著了吧？」

「隨你。」

現在的他確實很需要其他備用武器，蘇亞給的槍正好填補這份不足，加上「管理人」主動找上他們的關係，也就沒再拒絕。

杜軒雖然還是有點不習慣這些人看著自己的眼神，但也沒辦法，就算他不同意這些人也還是會跟過來。

現在他得專心找門才行，不該再為其他的事情分心。

「喂。」

重新開始思考門的位置的杜軒，沒聽見夏司宇叫自己的聲音。

於是夏司宇又再喊了一次：「杜軒，回答。」

「呃！什、什麼？」

夏司宇沒有開口，而是舉起手指向前方。

杜軒順著夏司宇的手指看過去，再一次瞪大眼。

一扇金屬門躺在溼答答的金屬碎片上，因為被炸過而有燒毀的痕跡，看上去就像是生鏽的樣子，油漆也剝落到只剩一點點藍色部分。

這完全就跟他預知裡的畫面一模一樣！

「媽啊！原來在這？」杜軒驚訝到說不出話來。

怪不得「管理人」會把蘇亞他們找來，原來還需要炸毀這道手續才能讓「門」出現！是說既然如此，為什麼要把門設定在這麼莫名其妙的地方啊！

「是那扇嗎？」

夏司宇轉頭盯著杜軒。

杜軒無奈扶額，低聲呢喃後回答：「……就是它。」

能力恢復，而且還可以控制這幾點是不錯，但這麼兩光的預知內容，完全超出他自己的想像，總覺得這份力量好像沒有變好，反而變得更欠揍。

難道就不能讓他像徐永遠或是梁宥時那樣，稍微變得有用一點嗎？

他總有種在拖人後腿的錯覺……

「所以從這裡就能出去了？」

正當他在想這些有的沒有的事情時，凱不知道什麼時候已經爬上那堆金屬，把門打開來，開開心心地笑著望向所有人吃驚的表情。

「你們幹嘛都露出那種便秘三天的表情？啊哈哈——」

「白、白癡！先看看你面前那是甚麼鬼東西再說！」

賽門臉色鐵青想要提醒凱，但凱卻來不及看，就這樣被門裡深出的黑色手臂拉進去。接著門裡衝出大量的黑色手臂，迅速且無視所有攻擊，直接抓住在場所有人。

杜軒被抓到的同時，只感覺到手臂冷冰冰的，給人一股毛骨悚燃的不舒服感，接著他的身體就像是搭上雲霄飛車，唰地一聲被拉入門中。

當所有人都被拽進門內之後，門自動關上，周圍也再次恢復平靜。

啪。

杜軒沉重地摔在地上，不過老實說並沒有想像中那樣有衝擊，還比較像是從床上摔下來的感覺。

當他撐起身體的時候，扶著地面的掌心像是被針插入皮肉，痛得他很快就把手收回，但是已經太遲了。

雙手掌心滿滿都是鮮血和割傷的痕跡，皮開肉綻、血流不止，讓他沒辦法好好控制自己的手指，只能不停顫抖。

這是很嚴重的割傷，但他卻沒有受傷的記憶，明明被拉入那扇門之後的他，一直都保持著清醒，中間也沒發生過任何事。

突然，杜軒像是注意到什麼東西似的，將視線往下挪。

看見自己跪坐在什麼樣的地方後，一瞬間，他明白了自己受傷的原因，甚至開始感覺到身體其他部位傳來的疼痛感。

這片地面是由鐵絲網舖成的，怪不得他會被割傷得這麼嚴重還不自覺。

杜軒艱難地起身，張望四周。

原本昏暗的空間慢慢變得明亮，雖然不足以到像開了日光燈那樣，但足夠讓他看清楚自己身在何處。

周圍的牆壁、天花板，甚至是他掉落的這個地方，全都是用鐵絲網建造而成的，而且非常密，沒有半點空隙，所以杜軒很難判斷這個地方究竟有多大。

他掉落的位置是個正方型的小房間，大約只有兩張雙人床大小，房間裡什麼東西也沒有，但至少他並不是被關著的，因為房間門半開，很明顯能夠自由進出，沒有完全被限制。

杜軒低頭看著自己那雙無法停止顫抖的雙手，想著要找東西止血才行，於是走出房間。

手上的鮮血沿著他行走的路徑滴落，血的氣味甚至引來了不太友善的生物。

它隱藏在陰影裡，大口將杜軒的血嚥下，屁顛屁顛地跟在後面。

不知道是因為流太多血的關係，還是說這裡的空氣太過稀薄，杜軒覺得自己的精神有些渙散，雙眼快要無法對焦。

真該死——難道說他的預知能力並沒有他想得那樣穩定？

原本以為找那扇「門」是逃離的唯一辦法，完全沒想到事情會變成現在這樣。

這裡沒有其他人在的感覺，不知道蘇亞和夏司宇他們被帶到哪裡去。

「……嗚！」

精神不濟的關係，杜軒一個不小心碰到旁邊的鐵絲網，割破了袖子，還多了道傷痕。

他咬牙撐著，繼續往前走，最後總算找到一間放有物資的房間。

終於看到鐵絲網之外的東西，老實說他還有點高興。

杜軒咬牙忍著疼痛，用那雙無力、冰冷的手翻找櫃子，幸好他運氣不錯，真讓他找到能用來當繃帶的白布。

他用牙齒將布撕開，纏繞在雙手上。

看著鮮血染紅了白布，他也無能為力，至少這樣可以暫時阻止傷口繼續惡化。

就在他稍做喘息，並考慮要不要用預知能力找到夏司宇的時候，眼角餘光看見有東西在陰影裡竄動。

他下意識轉過頭，赫然發現影子裡居然鑽出一條蟒蛇般大小的蚯蚓，正張著橢圓形、長滿尖牙的嘴巴，大口吸食地上的鮮血。

「呃！什麼鬼？」

杜軒差點沒驚嚇過度跌倒在地，而那條大蚯蚓在聽見杜軒的聲音後，抬起頭，突然將嘴巴張開到能夠吞食人體的大小，朝他撲過來。

根本沒辦法逃走的杜軒，整個人愣坐在地，就在他以為自己真的要被吃下去的時候，一道人影迅速從門外衝進來，直接壓在大蚯蚓的頭上，用手裡的短刀輕而易舉割斷牠的頭部。

大蚯蚓倒地不起，嘴裡吐出黏稠的黑色液體，味道就像是柏油，又臭又難聞。

明明順利解決了危機，但這個人並沒有安於現況，而是直接將大蚯蚓身體部分的一處凸起物砍斷，之後才終於把刀收起。

杜軒眨眨眼，還沒能回過神來，就被對方抓住腋下、高高舉起。

「呀！真是驚險，沒事吧？」

杜軒彷彿看見這個男人屁股上長出狗尾巴，因為開心而不停搖晃。

他鬆了口氣，雖然有一瞬間他以為是夏司宇，但是果然——不可能總是這麼湊巧。

「謝、謝謝……呃，你叫……」

「我是凱！」爽朗的青年大聲回答，很不開心地嘟起嘴抱怨：「你記得老大的名字，怎麼就不記得我？明明那麼好記。」

這是要他怎麼回答？剛才發生的事情太過突然，他的腦袋都還能夠好好運轉。

左思右想，再看看眼前這名脾氣和三歲小孩無異的男人後，杜軒決定放棄回答。

「你怎麼找到我的？」

「因為有血的味道啊。」

杜軒抖了一下，臉色鐵青，「……血？」

「嗯，這裡全都是血味，你沒聞到？」

「你覺得我有心情管這種事？」杜軒攤開雙手給他看，沒想到凱竟然一臉嫌棄。

「怎麼那麼細皮嫩肉的？真麻煩。」

嫌麻煩你幹嘛還來救我！

——杜軒很想這樣朝他大喊，但他沒這麼做。

他頭痛萬分地扶額道：「你有遇見其他人嗎？」

「你是想問鬣狗吧？」凱一眼就看穿杜軒的意圖，挑眉回答：「沒見到，所以你得暫時跟我待在一起了。」

「呃、為什麼？」

「因為老大答應說要幫忙，所以我會保護你。」

「哈，真是……只顧著自說自話。」杜軒自行起身，慢慢走出房間，「如果你鼻子這麼靈，能在這種鬼地方找到我的話，那其他人對你來說也不是什麼問題吧？」

凱悶著喉嚨發出很長一聲「嗯」，聳肩說：「大概比起老大，鬣狗的動作可能更快一點。」

雖然他承認老大的實力很強，但他心裡很清楚，鬣狗更加厲害。

這種地方對他們這種長年跟死亡搏鬥的人來說，根本就像是後花園一樣，完全沒什麼大問題，要會合也只是時間問題，可問題是，從門裡伸出來抓住他們的那些手臂，究竟是什麼？

起先他還以為是這些大蚯蚓，但牠們除了吸血之外沒別的作用，戰鬥力也很弱，只不過是寄生在這個空間裡的小蟲子。

「聽好了，這個地方很喜歡人血，所以非常喜歡你們這些活人。」

「什、什麼意思?你來過這個地方?」

「嗯，來過啊。這裡也是『獵殺靈魂』中的一個區域，不過沒什麼意思，因為在找到活人靈魂前，大部分都會先被吸乾血，最後就只能像個乾屍一樣任人宰割，很沒意思。」

凱正用著天使般的天真笑臉，說出惡魔般的行為與觀點。

杜軒突然覺得自己比較像是跟殺人魔待在一起，而不是保護他的護衛。

這種隨時都有可能被反咬一口的感覺，真不舒服。

「總之我先帶你去見鬣狗。」凱從他身邊跨過去，拉住杜軒的手腕，自信滿滿地說：「放心交給我就對了！」

不給杜軒回答的機會，凱就這樣擅自做出決定，並快速拉著杜軒的手跑起來。

一路上還很開心地笑哈哈，甚至看到從陰影裡鑽出的蟲子都直接踩死，完全無視這個區域的危險性。

杜軒眼神死到透徹，已經放棄掙扎。

因為在這個蠢蛋面前真的沒什麼卵用。

現在他只希望自己能「完好無缺」地回到夏司宇身邊。

第五夜

活人迷宮（上）

因為有凱在的關係，稍微有些恢復精神的杜軒原本打算找個機會使用「預知」，至少他得確定自己為什麼會被帶到這裡。

可是，凱一直在打亂他的計畫，根本不給他任何使用能力的空檔。

「啊哈哈！沒想到打蟲子還挺有趣的。」

凱全身沾滿蟲子的黏液，笑容滿面地對杜軒說。

杜軒捏著鼻子，選擇與他保持三步以上的距離，強烈拒絕他靠近自己，但很可惜的是，他的反抗沒有半點效果，因為凱總是會主動黏上來。

兩人持續往前走，但杜軒總有種越走越深的感覺，好像永遠都不會看到出口。

十分鐘後，他聽見微弱的聲音從前面不遠處那扇半掩的門內傳出來。

因為好奇，在經過門前的時候他往裡面看了一眼，赫然發現有個骨瘦如柴的女人癱坐在地上，而她的身體爬滿許多巨大的蟲子，正貪婪地吸食鮮血。

眼前這幕差點沒讓杜軒吐出來，他臉色鐵青，急速後退，就這樣狠狠撞到凱的身上去。

凱似乎早就知道他會變成這樣，用胸口接住杜軒慌張的身軀，並遮住他的眼睛。

「別東看西看的。」

「唔、嗯……」

「哇靠！別吐別吐！」凱一臉無奈地嘆口氣，轉頭看向深處，「我們走到中心位置了，這裡活人靈魂不少，所以『那種情況』會很多，你如果見一次就吐一次我可受不了。」

「不……不是要去找夏司宇嗎？為什麼會走到這裡來？」

「中央位置的區域沒有外圍複雜，所以比較好找人，不用擔心，那些蟲子不會靠近你的。」

「我不是擔心那種——」

杜軒原本想反駁，但突然鑽入鼻腔的濃郁血腥臭味，害他說不出話。

他摀住口鼻，雖然被凱的手遮住視線，但光從味道就能想像眼前會是什麼樣的畫面。

凱看他的反應，知道他這樣會拖累自己的速度，無可奈何之下，只好把杜軒扛在肩上走。

「呃、你別用這個姿勢……」

「忍著點，我會快點把你帶到鬣狗那去，我嗅到他的味道了。」

「什麼嗅……你的鼻子到底是用什麼東西做的？這都聞得到？」

「閉嘴，不然咬到舌頭我可不管。」

凱很顯然不想回答這個問題，他在說完後立刻開始狂奔，杜軒的身體上下晃動，反胃感比之前還要更重了，但凱說會帶他去見夏司宇，他也只能強忍。

杜軒不知道時間過去多久，因為他的腦袋昏昏沉沉的，很難判斷時間。

凱一路殺出去，看上去相當愉快，不僅僅是蟲子，就連那些擋路的活人靈魂他也沒放過，凡是擋在面前的，一律殺掉就對。

杜軒完全放棄掙扎，他已經知道凱是個瘋子，明明之前還很正常，現在卻像是打開了某種開關，完全不懂得收斂。

凱扛著人跑了很長一段路，直到目的地為止才將杜軒放下來。

杜軒搖搖晃晃的，雙腿有些癱軟無力，還得靠在凱身上才能勉強站穩腳步。

「媽的，你還真柔弱。」

「是你太粗魯……」

「我？我可是讓你安然無恙地過來了，粗魯點又不會怎樣。」

杜軒輕扯袖口，將臉上沾到的昆蟲黏液抹掉，幸好這種黏液沒有危險，哪怕是帶有一點腐蝕性，他都會被毀容。

凱所說的「中央位置」確實比外圍來得廣闊，走道不再狹小封閉，空間也變得大很多，更重要的是，那些隔開空間的鐵絲少了很多。

兩人繼續往前走，在通過眼前的一扇門之後，他們來到一處空曠的圓形房間。

房間內的天花板很高，大約有十幾層樓的高度，挑高的空間讓人覺得沒那麼壓迫，更重要的是，這裡的血腥味道比外面淡很多。

當他們走進來之後，房間裡原本就待著的人全都把視線投射過來。

凱單手插腰，咧嘴笑著，而這些人卻只是畏畏縮縮地後退，沒有人敢開口說話，甚至也不存在把他們趕出去的想法。

看這樣子，這些人似乎已經完全沒有「反抗」的念頭，真要說的話，比較像是接受事實、等待死亡的態度。

「嘖，都是些沒用的活人。」

「這些人都是活人？」

聽到凱喃喃自語，杜軒忍不住開口問。

凱聳肩回答：「是啊，但很奇怪，我明明在這個方向嗅到死者的氣味了……我還以為能見到老大他們。」

「……你該不會一開始就不確定夏司宇在不在這吧！」

杜軒總算意識到自己被凱耍了！

凱根本不知道夏司宇在哪，他不過是用那不可靠的嗅覺尋找其他死者靈魂的位置而已！

看見杜軒火冒三丈、一副要衝過來扁他的樣子，凱雖然完全沒有被威脅的感覺，但還是乖乖舉起手投降，並表達自己的無辜。

「我又沒說馬上就能見到鬣狗，你放心，我不會把你交給其他死者的。」

「聽你在說廢話。」

杜軒頭也不回地從他身旁走過去，他決定不靠凱的幫助，自己來還比較快。

他的預知能力還不穩定，但像這樣預知短時間內的「未來」，倒是沒有什麼太大的問題。

要找到夏司宇，必須找到他。

因為能殺死黑影人的關鍵，就在他的手上。

杜軒閉起眼，但經過不到一秒鐘的時間，便猛然睜開。

他相當慌張的轉過身，然而瞬間貼近他後腦勺的影子卻擋住了他的視線。

一張充滿雜訊、面孔模糊不清，只剩人臉輪廓的黑色人影，貼在他的鼻尖前，對他露出笑容。

杜軒當場寒毛直豎、背脊發冷，想逃跑但已經來不及了。

『我可不會再給你使用能力的機會。』

「它」這麼說著。

透過那沙啞低沉的聲音，杜軒從被埋藏的記憶裡，回想起「它」的身分。

「該死，住手！」

他遠遠聽見凱的聲音，當他挪動眼珠盯著那張臉的同時，發現有個高大的男人撞破房間裡的其中一扇門，並以飛快的速度朝他衝過來。

杜軒睜大眼眸，看著他向自己伸出手，緊咬下唇，試圖握住眼前這隻能讓他活下去的援手。然而，黑影的身體裡伸出無限手臂，將他的身體團團纏繞，即便他已經握住那隻手，但是卻動彈不得。

「唔……」

杜軒露出痛苦的表情，臉色蒼白，因難受而眼眶泛淚。

朦朧的視線裡，他看見那始終冷靜、沒有任何情緒的臉龐，慌張的張開口對著他大喊。

「杜軒——」

碰。

不知道從哪射過來的子彈，貫穿了黑影的笑臉。

它像是煙霧被吹散般搖搖晃晃著，卻沒有鬆開纏住杜軒的手臂。

接著不到一秒鐘的時間，大量子彈同時射擊，它們繞過杜軒的身體，射在黑影身上，讓它的身軀變得支離破碎。

拉住杜軒的那隻手臂，使出渾身的力量，將杜軒強行從這些惱人的手臂裡拽出來，緊緊抱在懷裡，就這樣順著作用力跌坐在地。

在杜軒順利逃脫後，所有人跟著停止開槍，緊接著從地底竄出的巨大蚯蚓就這樣由下而上將黑影吃下肚。

這隻蚯蚓比之前所見到的都還要來得龐大，而牠的嘴就像是水蛭，不斷張合，噁心到讓人頭皮發麻。

「夏司宇！把杜軒帶走！」

巨大蚯蚓上蹲著一個人，他大聲對倒在旁邊的夏司宇下令。

夏司宇點點頭，急忙抱起杜軒躲到安全的角落。

而這時，巨大蚯蚓的身體開始膨脹，沒幾秒鐘時間便由內而外爆炸。

站在巨大蚯蚓身上的男人在爆炸前一刻就跳下來，巨大蚯蚓的屍塊、黏液灑滿整個房間，同時那團如雲霧般的黑影，幽幽地晃動著，並發出刺耳尖銳的叫聲。

那聲音就像是許多人在哀鳴，痛苦、恐懼、軟弱——這些負面情緒全滲透入所有人的腦海裡，而那些畏縮的活人靈魂，受到聲音影響而開始瘋狂尖叫。

他們遮住耳朵，因為雜音而無法進行交流，但很快的所有人的腦海裡出現一道聲音，接著所有人都往同個門衝過去，逃出這個房間。

「哈、哈啊……真該死。」

「別放鬆戒備，『那傢伙』還在。」徐永遠走上來拍拍忍不住抱怨的戴仁佑，接著轉頭看向凱和蘇亞一群人，「我知道是那隻鳥安排你們過來幫忙的，跟我來。」

剛才第一槍，是戴仁佑開的，目的是想要分散黑影的注意力，而在那之後趕到的蘇亞等人則是立刻跟著開槍幫忙，直到夏司宇把杜軒拉出來為止，最後再由恢復能力的徐永遠抓準時機，操控巨大蚯蚓將黑影吞入腹中——雖然他很清楚，這樣做並不能真正阻止黑影，但他們需要時間撤退。

他的能力比以前穩定很多，因為他也在「管理人」的安排下找回了一部分能力。多虧如此，他才能「聽見」杜軒和夏司宇來到這個空間的聲音，以及蘇亞這群人是臨時同伴的事，於是立刻趕過來幫忙。

至於梁宥時的安危，他並不擔心，因為他知道那個人被「管理人」保護得好好的。

黑影人闖入後他們被迫分散，戴仁佑跟徐永遠掉落的位置就是這個令人作嘔的空間，所以他們兩個已經對這個地方相當熟悉。

早就已經找到安全區的他們，迅速帶領所有人逃離「黑影人」的追捕，如今已經無法獵殺「管理人」的黑影，似乎改變了原先的目標，打算先將能夠看見「它」死亡未來的杜軒殺掉。

「這裡。」

徐永遠拍著一面牆壁，接著這面牆壁就像是嘴巴一樣往左右兩側撐開。

蘇亞等人看到這個畫面後有些猶豫，但看到夏司宇二話不說直接鑽進去之後，便也乖乖跟在後面。

嘴巴闔上後，裡面一片漆黑，直到戴仁佑拿出螢光棒，彎折後扔在地上，才勉強讓這個空間有些亮度。

「稍微喘口氣吧，『那東西』暫時找不到這裡。」徐永遠將手指貼在嘴唇，小聲提醒：「我來留意動靜，所以不用擔心。」

蘇亞一群人雖然不太清楚為什麼徐永遠能這麼有自信，但他們只是來幫忙的，而且隱約感覺到問太多對他們沒有好處，於是便像個空氣一樣待在旁邊。

徐永遠和戴仁佑湊到夏司宇身邊，一起彎腰查看杜軒的情況。

杜軒的頭還在隱隱作痛，但是當他睜開眼，雙眸終於能夠對焦後，見到兩人的他相當欣喜。

「啊！太好了，你們沒事……」

「這句話應該是我要說的。」徐永遠嘆氣道：「你看起來才是比較讓人擔心的那一方。」

杜軒無法否認，因為四個人之中他確實是最弱的那一個。

夏司宇用手背輕輕抹掉杜軒臉上的汗水，皺緊眉頭。

「是徐永遠通知我你在哪裡的，幸好沒有來得太晚。」

「哈！就算只有我在，也不會讓這小子出事的好嗎？」

戴仁佑自豪地挺胸，但徐永遠和夏司宇根本理都沒理他。

這兩個人只是很擔心地慰問杜軒，順便查看他的情況，完全沒在聽戴仁佑說話。

早就習慣這種情況的戴仁佑，雖然很不爽被兩人冷落，但也只能摸摸鼻子當作自己什麼都沒講。

反正他就是個邊緣大叔，沒有存在感。

早點接受這個事實，受到的傷害會比較少一點。

杜軒勉強撐起身體，轉頭問徐永遠：「你知道我們會出現在這裡，對嗎？」

「對，『牠』跟我說的。」

因為有蘇亞他們在的關係，兩人刻意避開「管理人」這三個字，以及過多的交談，雖然徐永遠似乎已經恢復能力，不過現在並不是閒聊的好時機。

碰。

碰碰碰。

牆壁後面傳來強勁的打擊力道，像是要把他們躲藏的房間給毀掉似的，四周圍不斷晃動，頭頂掉落下來的水泥碎塊，讓人有種這裡隨時會坍塌的錯覺。

「嘖！喂，你不是說暫時不會有事嗎？」

戴仁佑很不滿地朝徐永遠抱怨，但是當它接受到徐永遠火冒三丈的目光後，立刻乖乖閉上嘴巴，差點連呼吸都要停止。

這男人看上去很溫柔，可生起氣來卻比外面那些怪物還要可怕。

徐永遠掐住戴仁佑的嘴巴，安靜一會兒之後，開口說道：「事情似乎變得麻煩了，『那個人』打算用能力來對付我們。」

蘇亞他們雖然聽不太懂徐永遠在說什麼，但很顯然——他口中的「那個人」就是他們要幫助杜軒處理掉的目標。

夏司宇和杜軒面色凝重，杜軒雖然還沒有完全恢復，不過在聽見徐永遠說的話之後，他很清楚自己不能再繼續休息。

「梁宥時有準備其他『門』吧？」

「不行，對方數量太多，不減少一點的話讓他在這裡打開門把我們接走會有風險。」

「數量太多……難道你的意思是指黑影它把吸收的那些靈魂放出一部分了？」

「和你說話真輕鬆，不用多費力氣，跟大叔的石頭腦袋比起來好太多。」

「喂！你說誰石頭腦袋？不要以為你頂著一張好看的臉我就不會罵你！」戴仁佑氣得跺腳，揮開徐永遠掐住自己嘴唇的手大罵，但他的抱怨卻被無視了。

夏司宇起身，雙手環胸，和徐永遠討論接下來該怎麼做，而杜軒則是趁機會稍微喘口氣，即便只有短短幾分鐘也好，他得讓自己恢復一點，絕對不能夠扯後腿。

「話說回來，那些手臂……是『那傢伙』的『能力』之一，對吧？」

「……對，它不知道從哪聽到我們的計畫，所以反過來故意利用這個機會抓走你，但幸好我們準備工作做得不錯。」徐永遠邊說邊轉過頭盯著凱，「那隻鳥就是料到會變成這樣，才把這些人找來的。」

「哈，我就知道。」杜軒隱約察覺到是這樣，但親耳聽見徐永遠說出口他才確定自己的想法是對的。

果然——他們的行動全都在黑影人的掌握裡，如此一來他們無論躲到哪都沒用。

外面的撞擊聲越來越大，牆壁也開始出現裂痕，再這樣下去對方就會衝進來，而在這個沒有任何退路的房間裡，他們就只是待宰的羔羊。

「你知道它放出來的『能力』有多少嗎？」

杜軒詢問徐永遠，因為現在他的能力已經恢復，可以成為很好的雷達探測器。

「從數量來說很難計算，現在確定的也只有幾個，坦白講，『聲音』太多了，所以我很難下判斷。」

徐永遠邊摸著下巴思考邊回答，雖然他的語氣裡充滿不確定，但看上去卻很有自信，並不如他所說的那般沒把握。

杜軒知道他顧慮的原因，大概是蘇亞他們。

老實說剛才的情況若不是有蘇亞他們的話，光憑他們幾個人的火力確實不足。

「管理人」說過，他在將靈魂碎片分散出去前曾進行過最後一次「預知」，恐怕牠是現在唯一一個知道結局的人，而他們所做、所經歷的這一切，對牠來說不過就是個過程。

牠只需要繼續隱藏自己，並在需要的時機點伸出援手，簡單來說——牠只需要以旁觀者的角度欣賞他們如何結束這場鬧劇就可以了，什麼都不必擔心。

「哈啊！真的是有夠討厭。」杜軒用力搔頭髮，一臉煩躁。

夏司宇眨眼看著他不耐煩的表情，沒說什麼，只是抓住了他的手腕，阻止他把自己的頭髮弄得更亂。

「沒事，不管發生什麼，我都會陪著你。」

夏司宇邊說邊把杜軒的頭髮整理好，他的語氣十分肯定，不得不承認，杜軒確實因為他的這句承諾而感到安心。

這個男人絕對不會對他說謊，也絕對不會離開他。

只是因為這麼單純又無聊的理由，杜軒就突然有了和黑影人對抗的勇氣。

「……我知道。」

他小聲低喃，甚至因為難為情而紅了臉頰。

戴仁佑一臉厭惡的看著這兩人黏膩的氣氛，原本想開口抱怨，卻被徐永遠直接從身後摀住嘴巴，還把他的頭硬是向後壓，差點沒害他扭到脖子。

「你、你幹嘛！」

「別不看氣氛亂說話，怪不得這麼惹人厭。」

徐永遠朝他翻了個白眼，像是故意惹他生氣一樣抱怨。

戴仁佑張著嘴，久久說不出話來，只能全身顫抖地不斷哼鼻子。

徐永遠看著杜軒和夏司宇，慢慢瞇起眼。

打從出次見到他們的時候，徐永遠就一直覺得這兩個人很奇怪，明明是不同的靈魂，卻被緊緊繫在一起，明明身處這種下一秒不知道會消失到哪去的空間，可是這兩個人卻很神奇地從未分開過，即便不在一起，也能夠立刻找到對方。

這明明就是不正常的事。

就好像這個空間的規則，並不適用在他們身上一樣。

碰、咚！

咚咚！咚咚咚！

牆壁碎裂得差不多了，已經薄到能夠清楚聽見敲擊聲。

所有人拿起手裡的武器做好準備，兩手空空的杜軒則是躲在夏司宇身後，小心翼翼地拽著夏司宇的衣角。

牆壁開始剝落，出現一個小缺口。

安靜約三秒左右，突然唰地一聲，黑色手臂全部鑽了進來，瞬間包圍整個房間，想要將所有人一網打盡。

徐永遠早就已經做好準備，他吹了聲口哨，腳下迅速鑽出三條巨大蚯蚓。

所有人看見徐永遠二話不說跳到蚯蚓身上，也跟著做，杜軒則是被夏司宇拉住後趴在上面，觸感雖然有些噁心，但牙一咬還是勉強能忍受。

夏司宇從背後壓住杜軒的身體，好讓他不會掉下去，接著三條巨大蚯蚓就在徐永遠的指揮下撞出去。

『抓緊了！掉下去我可不負責！』

所有人的腦海裡傳入徐永遠的聲音，而接下來他們就感覺到巨大蚯蚓用火車般的速度衝刺，甚至無視鐵絲網的存在，朝同個方向前進。

因為他們搭乘的位置並不在頭部，所以巨大蚯蚓在撞破鐵絲網之後造成的空隙，正好能讓牠們的身體穿過，只要他們牢牢抓穩，就絕對不會摔下去。

一切就像是計算得剛剛好，誰也不曉得這是不是也是徐永遠刻意對巨大蚯蚓下達的指令，又或者只是他們運氣不錯。

周圍的鐵絲開始如觸手般揮舞，像是要把巨大蚯蚓上的人打下來似的發動攻擊，可是除杜軒之外全都是經驗豐富的老手，怎麼可能簡簡單單就被這種程度的威脅解決掉？

巨大蚯蚓在穿過無數到鐵絲牆之後，來到一處空曠區域。

這裡跟之前中央房間一樣有著挑高的天花板，不同的是，天花板高到看不見，只能從頭頂上方感覺到有風灌入。

吼——

一聲如雷貫耳的野獸叫聲，拉回所有人的思緒，接著戴仁佑和徐永遠搭著的那隻巨大蚯蚓就突然被撲過來的黑影撕咬，不到幾秒鐘時間就被撕成碎片。

兩人早就先一步撤退，到另外一隻巨大蚯蚓背上，眾人眼睜睜看著倒地的巨大蚯蚓以及牠被撕碎的畫面，慢慢往旁邊拉開距離。

然而，事情並沒有他們想得那樣簡單。

數量眾多的怪物匍匐在地面、攀爬於牆壁，如螞蟻般佔據整個空間。

牠們呲牙裂嘴，充滿惡臭的口水黏答答地從齒縫中流出，並且將碰觸到的地面融化，這些怪物用雙腿站立，手持鈍器與槍枝，頭部像是被割除後硬生生縫上各種猛獸的斷頭，有些甚至還在流著鮮血。

這些怪物戴仁佑熟悉到不行，因他已經見過牠們許多次。

「媽的，怎麼又是這些傢伙？」

戴仁佑不快咋舌，而在旁邊的蘇亞則是皺緊眉頭，和他有同樣的想法。

「這些東西是狩獵場的怪物吧，我也見過。」

「哈！那你應該知道這些傢伙不是那麼好對付的。」

「……真沒想到身為死者，竟然會有跟怪物打的一天。」

「這有什麼？你只要跟著杜軒那小子，天天都有得打。」

蘇亞回頭看了戴仁佑一眼，雖然戴仁佑看上去很不耐煩的樣子，卻很愉快，並且對自己的選擇沒有半點後悔的意思。

他重新將視線放回這些半獸半人的怪物身上，將手裡的槍向後微拉，抵在肩膀的位置。

「你們這群人的生活還真刺激。」

戴仁佑裂嘴笑道：「哈！你才知道，不過——這樣才有趣！」

與蘇亞愉快的聊完後，戴仁佑率先從巨大蚯蚓身上跳下去，五秒內舉起衝鋒槍對準怪物的頭部射擊。

蘇亞等人也不落人後，跟著跳下去開槍，眨眼不到的時間這裡便陷入槍火交戰的情況。

這些怪物並不是省油的燈，牠們很聰明，而且是有組織性的行動。

手持鈍器的負責進行近距離攻擊，持槍的則是在後方掩護，而被包圍在中央、沒有半點遮蔽物的戴仁佑、蘇亞等人，完全就是曝露在子彈之下的活靶子。

——然而，他們既然選擇主動出擊，自然不可能沒有考慮到這點。

站在巨大蚯蚓背上的徐永遠一勾手指，從鐵絲網牆壁裡鑽出無數隻像是螢火蟲一樣會發光的小昆蟲，牠們在怪物開槍射殺戴仁佑等人的同時將所有人團團包圍，如同護具一樣，替他們擋掉所有子彈。

負責護著杜軒的夏司宇看著圍繞在身邊的小蟲子，大口嘆氣。

「看來能力完全恢復的人不只有你而已……這傢伙的能力根本和開外掛沒什麼不同。」

「……是、是啊。」

杜軒已經看傻了眼，他沒想到徐永遠發揮全力竟然會是這麼強大，怪不得黑影人一直對他有所顧慮。

碰碰碰！

接連的槍聲拉回杜軒的注意力，他看到戴仁佑熟練地衝進怪物群裡，無視所有攻擊，直接往怪物的弱點開槍。

不僅僅只是他而已，蘇亞和他的同伴也做著同樣的事，而在他們單方面快速虐殺對手的速度下，很快地，房間內的怪物就被清空。

「喂，再來要怎麼做？」

站在怪物屍體堆上的戴仁佑，問的對象並不是徐永遠，而是杜軒。

杜軒嚇一跳，因為他發現所有人都盯著他看。

「呃、什……什麼？」

「那臭鳥說了，跟你會合後就得轉移到其他地方去，難道你沒什麼頭緒？」

杜軒啞口無言，這種事他完全不知道！但——看樣子「管理人」是打算讓他用預知的能力來尋找「門」，就跟之前在遊樂園的時候一樣。

究竟要穿過多少「門」，才能夠停下來……

正當杜軒準備啟動預知能力的時候，四周圍的陰影處慢慢爬出許多人型影子，它們就像是有著透明身軀的人偶，搖搖晃晃，看起來隨時都有可能消失不見，但卻充滿著強烈的存在感。

所有人在看到它們後全都提高警戒，而徐永遠的臉色也立刻變得鐵青。

「嘖……是其他的靈魂碎片。」

「你說靈魂碎片？那這些就是那東西吞噬掉的靈魂嗎？」

戴仁佑聽到徐永遠的抱怨，一臉驚訝。

不是說被併吞了嗎，為什麼還能像現在這樣好端端地出現在他們面前？

「『管理人』本來就是許多靈魂組合而成的『個體』，所謂的『吞噬』也只是掌控這些靈魂碎片而已，只要它想，隨時都能將它們扔出來做為武器。」

「哈、那我們要怎麼打這種對手？」

「我有辦法。」徐永遠說完後，看向依偎在夏司宇懷裡的杜軒，「你已經完全恢復能力了，對吧？」

杜軒知道自己瞞不過徐永遠，便點點頭。

徐永遠看到後便勾起嘴角笑道：「很好，這樣就沒問題。」

「不是，我的能力又不可能打得贏這些傢伙，你哪來的自信？」

「你有想過為什麼『管理人』要把我們這些靈魂碎片分散出去，並且讓我們擁有自己的『人格意識』嗎？」

「什……什麼？」

杜軒因徐永遠的話而感到茫然，突然間，他的腦海閃過一段畫面。那是存在於過去，真實存在的記憶，同時也解釋了徐永遠為什麼會說出這種話的原因。

能力又像以前那樣突然發動，可是這次讓他看見的並非未來，而是過去。

明明已經完全掌控能力了，怎麼會又突然間——

他瞪大眼扶著額頭，而透過他的思考得知一切的徐永遠，嘴角勾勒出絕美的笑容。

「開始吧，杜軒。讓我們把這自以為是神的混帳趕回老巢去。」

第六夜

活人迷宮（下）

「過去」的「管理人」，在面對強大的黑影與反抗勢力後，聽從了「預知」的靈魂碎片，決定將挑選出來的能力作為反抗的武器，而他、徐永遠以及梁宥時，就是被挑選上的碎片之一。

他們的能力是固定的，而且被限制住，那是因為它們被「管理人」所掌控，無法成長以及發揮完整的力量，但如果靈魂碎片離開「管理人」，成為獨立的個體，那麼事情就會有所不同。

靈魂碎片的「能力」會成長，甚至轉變為更強大的力量——而這，就是「管理人」所要用來對付黑影人的武器。

「管理人」暗中控制著一切，照著「預知」的未來，一點一滴地讓這些靈魂碎片成長起來，而其中能力最為強大的「預知」，則被刻意限制起來。這並不是「管理人」的用意，而是「預知」自行做出的決定。

這些記憶就像是玻璃碎片，慢慢在杜軒的腦海裡拼湊起來。

曾是靈魂碎片之一的他，原本不過就是個散發能量、沒有形體的光，可他卻是所有碎片之中最像「人」的一個。

它渴望著成為人，卻又無法捨棄自己的職責，老實說當它知道黑影人會反叛，而它也早就打算利用這一點，實現多年以來的夙願。

杜軒在記憶裡看著那個光體，明明沒有形體，但他卻從光芒裡感受到冷冽的微笑，這讓他嚇了一大跳、冷汗直冒，並匆忙地回過神。

接著他抬起頭看向徐永遠，聽著他的宣告，眼神渙散無力。

「杜軒？」夏司宇的聲音，如同一道清流，傳入杜軒的耳裡。

那些繁複的思緒突然「啪」地一下消失不見，大腦頓時清醒不少。

「沒事吧。」

夏司宇看著杜軒滿頭大汗、臉色蒼白的模樣，非常擔心他的情況。

他不知道徐永遠說的那些話是什麼意思，但很顯然，對杜軒來講不是什麼好事。

「……沒事。」

杜軒並不想讓夏司宇知道自己心裡的那些想法，包含「管理人」真正的意圖，以及那些埋藏在過去的記憶。

一直以來，他覺得自己必須找回完整的能力，這樣才能幫得上忙，誰知道原來這根本就不是他要擔心的問題，因為一切都在「管理人」的掌握之中。

「哈啊……那隻臭鳥……」

杜軒咬牙切齒，忍不住咒罵。

當然，他心裡的抱怨除了自己之外，就只有徐永遠知道而已。

杜軒慢半拍想到徐永遠能看見自己內心這些煩躁的想法後，又把頭轉過去盯著他看，意外的是，徐永遠並沒有關注他，就好像沒有聽見似的。

——當他這樣猜測後的下一秒，腦海裡立刻傳來徐永遠的聲音。

『我可是聽得一清二楚。』

「真該死。」

杜軒不快咋舌，整個腦袋瓜裡都是徐永遠的嘲笑聲。

「你從剛剛開始，到底都在幹些什麼？」

夏司宇皺眉，因為杜軒一直不理他，看他的樣子似乎又在跟徐永遠私下溝通，完全不把他的擔憂當回事，這讓他很不爽。

「忌妒的男人真難看。」

徐永遠這次不是用「心聲」，而是透過嘴巴直接說給夏司宇聽。

夏司宇惡狠狠地瞪他一眼，兩人互不相讓，誰也不打算退縮，但這讓陷入苦戰的戴仁佑不爽到了極點。

他忍不住大罵一堆髒話後，對著兩人大聲斥吼：「媽的！都什麼時候了你們兩個還給我搞這種事！就不能先關心一下苦戰中的老子嗎！」

眼看這些靈魂碎片都已經分化為人影型態，準備開始使用各自的能力戰鬥，他們這邊還在為了杜軒爭執，這讓他怎麼打！

徐永遠和夏司宇同時盯著戴仁佑那張氣到扭曲的表情後，只是冷冷哼了一聲。

說真的，要不是知道不能開槍打死這兩個傢伙，他早就開槍把這兩人的腦袋瓜打個稀巴爛。

「……大叔說得對，現在不是處理其他問題的時候。」

杜軒一開口，果然有用，徐永遠和夏司宇立刻放下對彼此的不爽，果斷結束這個沒有意義的爭執。

戴仁佑只覺得心裡非常不平衡，他知道這兩個人很黏杜軒，但這種明顯的差別待遇真的讓他感到內心受傷。

他好歹也是從頭跟到尾的同伴吧？但他總有種被這三個人排除在外的感覺。

「行行行，不管怎樣都好，總之老子不想死在這，你們有解決問題的辦法就趕快給我拿出來用，別在那邊故作神秘，老子可沒那個耐心！」

「有點耐心吧大叔，徐永遠說的解決辦法很簡單，但接下來你們所有人可能都得全程專注，不能分心。」

杜軒一邊安撫炸毛的戴仁佑，一邊拍拍夏司宇的胸口，對他說：「把我帶到徐永遠身邊去，你也一起去打，不用管我。」

「不行。」夏司宇皺眉，更用力地抓緊杜軒的手臂，並不打算乖乖聽話。

杜軒苦笑道：「放心，不會有事。相信我的『預知』，好不好？」

見他說到這個份上，夏司宇就算再想拒絕也沒辦法。

長嘆口氣後，他看著那些越來越危險的影子，最後只能選擇順從杜軒的指示。

「我相信你，但如果有什麼萬一，你應該明白我會做出什麼樣的決定。」

「知道。」杜軒勾起嘴角，輕輕推開他，「我可是能預知未來的人，所以你在想什麼，我都知道。」

夏司宇總算是安心了點，他輕揉杜軒的腦袋後，抱起他跳到徐永遠身邊去。

他小心翼翼將杜軒放在徐永遠身邊，離開前冷冷的瞥了他一眼。

即便他沒說出口，徐永遠也能透過他的眼神跟腦海的想法，知道這男人正在威脅自己。

夏司宇將自己的短刀塞進杜軒手裡後，跳回地面，心不甘情不願地待在戴仁佑身邊，而蘇亞則是順手地從同伴那裡拿了把衝鋒槍扔給他。

「這些東西看上去就不好對付，不過聽你們剛才說的話，應該不是什麼難事吧？」

「別問我。」

夏司宇熟練地拉開彈夾，檢察子彈數量和槍枝狀況，似乎並不擔心這種小事，就連剛才一直在抱怨的戴仁佑也不怎麼煩惱，但嘴裡仍在碎念就是了。

不管看幾次，蘇亞都覺得這幾個人之間的關係很有趣，和他們不同，四個人都很有自己的想法跟主觀意識，從旁人角度來看明明是四個性格迥異、合不來的對象，卻又不知道為什麼喜歡湊在一起。

不得不承認，剛開始他還有點擔心，但看到這些人展現出的默契後，他就不覺得自己站錯邊。

「我懶得問你們詳細，你可以盡情使喚我們。」蘇亞抬起頭對徐永遠說：「反正這是那隻鳥跟我們講好的條件，所以不用在意我們的想法。」

「呵，就算你沒說，我也會這麼做。」徐永遠雙手環胸。

他一點都沒懷疑蘇亞這些人的目的，一方面是透過「心聲」能力的關係，所以能夠十分篤定，另一方面則是因為這件事他早就已經先從「管理人」那邊知道了。

「管理人」送過來的幫手，確實很有用，不但戰力強，也不在乎他們的目的，更不會為了發生在眼前的事情而產生一大堆問題。

現在他們沒有那個美國時間慢慢解釋給任何人聽，與其找那些愛提問的人，不如找像蘇亞這樣能夠直接透過眼前的情況自行判斷該怎麼做的傭兵。

他以前也曾聽說過七人傭兵的傳聞，雖然現在眼前只剩六個，但並不影響他們整體的實力。

並不是七個人待在一起他們才變得如此強大，而是因為他們每個人都有著超群的戰力，所以才令人感到恐懼。

就在這短暫的交談時刻，那些影子並沒有閒著。

它們發出嗡嗡嗡的聲音，像是迴盪在耳邊的蒼蠅，同時這些影子一個個啟動了它們的「能力」。

率先攻擊的，是具有「崩壞」能力的影子，同時它也是在黑影人闖進來的同時，毀掉空間的那個靈魂碎片。

它化成一大灘水，如海浪般撲向所有人，徐永遠見到對方展開攻擊，立刻伸出手，將食指往上一勾，螢火蟲迅速在所有人的頭頂上形成薄膜，直接把「崩壞」阻擋下來。

然而，這並不是最佳的解決辦法。

螢火蟲很快就被「崩壞」消滅，防禦網破滅的瞬間，其他影子立刻衝進來。

戴仁佑和蘇亞、夏司宇等人立刻舉起槍準備反抗，但他們還沒想到要怎麼迎擊，腦海裡就已經先浮現出收拾掉它們的畫面。

僅僅只是一瞬間的事，可是所有人的表情卻立刻從警戒變得輕鬆——就像是完全掌握了解決辦法似的。

他們帶著百分之百的自信，正面接受這些影子的攻擊，論實力差距來說，應該是要由擁有能力的影子占上風，然而他們卻像是能夠分辨所有影子的能力，在它們攻擊前就先收拾掉所有敵人。

他們雙眸發出淡淡的光芒，像是被控制，但實際上並非如此。

而在這群人之後的巨大蚯蚓上，徐永遠和杜軒像是旁觀者一樣看著這一切，默不作聲，如雕像般動也不動，甚至連眼皮都不眨。

若不是杜軒的臉頰流下汗水，甚至會讓人產生他們被石化的錯覺。

杜軒覺得很吃力，可是徐永遠看上去卻很輕鬆，也許是因為他不像徐永遠那樣能夠熟用自己的能力，但無論如何，徐永遠的計畫需要他，他不能退縮。

要對付這些影子，並在短時間內讓夏司宇他們收拾掉它們，就只有一個辦法——那就是由他來「預知」這些影子的行動，藉而知道它們所擁有的能力和攻擊手段，而徐永遠再透過「心聲」的能力將他所預知到的畫面全部送入其他人的大腦。

也就是說，他們現在正在「共享意識」。

他沒想到徐永遠竟然能活用自己的能力到這個地步，甚至變得比以前還強，看來在分開的這段時間，並不只有他的能力得到提升，徐永遠也一樣。

當他透過「心聲」知道徐永遠的計畫時，老實講覺得實行上有些困難，但實際做起來似乎沒有想像中那麼難，倒是比較消耗體能跟精神力。

長時間發動能力對他來說是件十分辛苦的事，因為他的能力和其他能力不同，使用起來特別費勁，雖然還不太確定，但恐怕跟他現在不是純粹光體型態有關係。

無論如何，從結果來看徐永遠的計畫是成功的，他只需要撐住就好。

咬緊牙根，努力維持能力的杜軒，直到所有影子消滅前都沒有放棄。

當夏司宇開槍打死最後一個影子之後，預知能力撤出所有人的腦袋，戰鬥終於結束，能夠好好喘口氣。

可是，夏司宇才剛放下手中的衝鋒槍，就聽見徐永遠著急的聲音從頭頂傳來。

「杜軒！」

夏司宇立刻抬起頭，看著面無血色的杜軒痛苦喘息著，靠在徐永遠的懷裡，他二話不說衝上去，憂心忡忡地將杜軒強行從徐永遠懷裡搶過來。

「該死。」

夏司宇皺眉，耐不住脾氣低聲咒罵。

徐永遠知道杜軒能力使用過度，便迅速指揮其他人搭上巨大蚯蚓的身體，載著所有人離開這裡。

「夏司宇，不用太擔心，他只是力量使用過度暫時失去意識而已。」

「他的身體這麼燙，你跟我說只是力量使用過度？」

夏司宇黑著臉責罵徐永遠，即便他知道徐永遠跟這件事沒關係，仍忍不住發脾氣，並把杜軒護得更緊。

徐永遠看了他一眼，隨即收回視線，繼續盯著前方。

「你該感謝杜軒，如果不是他我們沒辦法這麼順利逃走，而且他在知道自己會昏睡過去前先把『門』的位置告訴我了。」

實際跟那些影子戰鬥的夏司宇，心裡很清楚他們能贏的最大原因就是因為杜軒和徐永遠的能力，當時如果不這麼做，他們會浪費更多時間。

不過，他也很清楚那些影子並沒有真正地被消滅。

讀出夏司宇想法的徐永遠，嘆了口氣，坦白回答：「正如你所想，它們沒死。那些靈魂碎片已經被黑影吸收，而黑影不過是為了使用那些靈魂碎片的能力而將它們注入在影子裡成為臨時的個體。」

「怪不得光用一般的子彈就能解決掉，簡單來說它們就跟怪物是等同的存在？」

「……可以這麼解釋，所以那些傢伙之後還會出現。」

「這樣打下去沒完沒了，總不能每次都用同一招。」

「你說得對，所以我們得盡快離開這個地方，不能再繼續待在黑影操控的空間裡，要到我們的『地盤』去，才會有贏面。」

「地盤？什麼意思……」

「到了你就會知道。」徐永遠勾起嘴角，相當有自信。

看著他的側臉，夏司宇意識到了一件事——徐永遠現在就像是釣上大魚般開心，難道說剛才那場戰鬥不過是餌？實際上他另有目的？

「呵。」想到這個可能性，夏司宇不由得苦笑，「你想釣的魚，上鉤了嗎？」

徐永遠早就讀出夏司宇的想法，於是便回以燦爛的微笑。

「托你們的福，一切都進行得很順利。」

他聽見夏司宇在腦海裡咒罵自己，但也只是默默接受，沒有說什麼。

夏司宇看上去不像是會罵那些髒話的男人，果然心裡的想法比態度更加直接。

「聽你罵人還挺有趣的。」

「閉嘴。」夏司宇朝他翻了個白眼。

徐永遠果斷選擇閉上嘴巴，少說兩句能多活幾天。

尤其是當你被鬣狗威脅的時候，更要留意自身安全，否則怎麼死的都不知道。

「哈——搞得我也想養條狗。」

「你說什麼？」

「……不，沒事。什麼都沒有。」

要是他老實跟夏司宇說自己也想養條像他一樣的鬣狗，恐怕就真的得挨子彈了。

／

影子在暗處蠢蠢欲動，然而當它抖動著想要攀爬至鐵絲網的時候，卻被突如而來的衝擊打散，很快就消失在空氣中，不見蹤影。

撞破鐵絲網的兩條巨大蚯蚓上有幾個人，它的速度很快，但這些人卻絲毫不受影響，彷彿這點速度對他們來說是小意思。

然而，從地底迅速竄出的其他巨大蚯蚓卻如偷襲般襲來，由下而上咬住了其中一隻巨大蚯蚓的腹部。

撕裂的傷口很大，這隻巨大蚯蚓很快就倒地不起，駝著他的人則是迅速跳到另外一隻巨大蚯蚓背上。

就像是換車搭乘一樣輕鬆寫意，甚至沒有人去憐憫那條被當成坐騎、死亡的巨大蚯蚓。

很快地，這些突然冒出來的巨大蚯蚓停止了攻擊，牠們靜靜的待在原地，就這樣目送乘坐在巨大蚯蚓身上的他們離開。

蘇亞見到這狀況，不由得乾笑。

哈！真的是——他完全沒想到竟然會逃得這麼輕鬆。

在巨大蚯蚓倒下的時候，他的腦海裡清楚接收到徐永遠的指示，於是他們所有人就換乘到另外一隻巨大蚯蚓身上去，果真安然無恙。

徐永遠在這些巨大蚯蚓發動攻擊後的下一秒，便控制了牠們，即便他們現在乘坐的巨大蚯蚓死亡，也很快就會有其他隻過來替補空缺。

前進的速度永遠都不會變，也沒有浪費任何一秒鐘的時間，他們幾乎是在沒有面對障礙的情況下來到目的地。

蘇亞雖然確實對這些人沒有多大興趣，但現在，他對於杜軒和徐永遠所持有的能力感到了好奇。

『勸你別動什麼歪腦筋。』

他才剛產生這樣的念頭，腦海裡便清楚傳入徐永遠的聲音。

蘇亞抖了一下身體，轉頭看著隔壁的巨大蚯蚓。

徐永遠明明沒有盯著他看，但他卻像是一直被人監視著一樣，這就是那些生者的能力？

生者竟然有特殊能力什麼的，他想都沒想過，還有那些擁有奇怪力量的「影子」——哈！算了，還是別再想下去比較好，總覺得這不是他應該知道的事。

他只要像之前那樣，從旁輔助就好。

『對，沒錯。你只要這樣做就可以。』

徐永遠肯定他的聲音，再次傳入腦海，這下蘇亞也只能苦笑。

「我們到了。」

這次徐永遠的聲音並不是憑空出現在腦海裡，而是透過耳膜傳入。

在巨大蚯蚓停止動作的同時，所有人看著眼前的景色，著實感到頭疼。

這裡的溫度並不高，可是卻充滿著岩漿，雖然岩漿上方有著鐵絲網隔開，但感覺還是非常具有危險性，因為鐵絲網的薄弱程度讓人覺得踩上去之後隨時都有可能會壞掉。

而在這脆弱至極的鐵絲網上，豎立著一扇生鏽的鐵門。

那就是他們的「出口」。

「那傢伙就不能把門放在一個正常的地方嗎？」戴仁佑忍不住抱怨，而這句話正好也是其他傭兵們心中同樣的想法。

徐永遠看了他一眼，冷聲道：「他沒辦法控制『門』的位置，因為受到干擾。」

「說的也是，要不然我們也不用千辛萬苦地去找，直接弄在我們面前就好。」

「理解的話就別說廢話。」徐永遠嘆口氣，接著對夏司宇說：「穿過『門』之後可能每個人的落點不同，你絕對不可以放開杜軒。」

「不用你說，我也不會鬆手。」

「……行，那我們走。」

徐永遠說完，便指揮兩條巨大蚯蚓直接略過鐵絲網，用牠長長的身軀直接把所有人帶到門面前。

蘇亞的人將門推開後，所有人二話不說走進去。

這次沒有奇怪的手把他們強行拽入門裡，迎接他們的是刺眼、如夕陽般的光芒。

夏司宇抱著杜軒跨入門裡，但是卻突然踩空，整個人重心不穩地摔下去。

「嗚！」

夏司宇護著杜軒的頭部，兩人由高空墜落，幸好只有兩層樓左右的高度，他們很快就墜落水中，身體沉入漆黑的水裡。

他沒聽見其他人落水的聲音，但現在他根本顧不了其他人，必須先浮出水面。

這對他並不是什麼難事，而且水是靜態的，沒有任何阻撓。

「噗哈！」

「咳、咳咳咳……」

夏司宇將頭伸出水面後就聽見懷裡傳來咳嗽聲，他急忙把杜軒的頸部撐高，好讓他呼吸到新鮮空氣。

杜軒睜開眼，他覺得自己彷彿睡了很長一段時間，但睡眠情況非常糟糕，害他完全沒有恢復的感覺，身體反而更加勞累。

「撐著點，我們先上去。」

夏司宇發現他們墜落的位置是很深的湖，腳底的水漆黑一片，根本看不見底，沾到臉上的水帶著鹹味，是海水。

湖水範圍很大，可是他們的落點和岸邊不遠，所以夏司宇很輕鬆就能帶著杜軒游上岸。

兩人溼答答地坐在地上，杜軒因為冷加上疲勞的關係，臉色十分蒼白。

「我怎麼覺得自己老是被搞到半死不活。」

杜軒忍不住抱怨自己，而這點，夏司宇也非常認同。

「你身體太虛了。」

「你也試試看溼了又乾、乾了又溼的感覺！不感冒才怪！」

「我知道那種感覺，很討厭，但我不會生病。」

「哈，差點忘了你的身體異於常人。」

「這種說法聽起來很奇怪。」

「你就當是對你的讚美吧。」杜軒甩甩頭髮上的水，苦喪著臉吐舌，「呃！超鹹！我們不是掉到湖裡嗎？怎麼會是海水？」

「這裡大概不是湖，是靠海的洞窟。」夏司宇指著黑壓壓的湖面說：「底下應該是通往大海的隧道，只要有裝備的話是能從海底潛入的。」

「搞什麼……該不會沒其他路了？」

「應該有，因為這裡看起來像是某種基地。」

聽到夏司宇這麼說，杜軒這才反應過來——原來自己所在的地方並不是什麼都沒有的洞窟，而是有著簡陋設施的基地。

不過，看起來似乎不像沒有人使用的樣子，因為這裡不但整潔，光線也很充足，也就是說這裡是有電源的。

話說回來，他現在坐的地方看起來像是個小港口，不是用木頭製作而是鋼筋——很顯然會停靠在這個地方的交通工具，絕對不是簡陋的小破船。

「其他人呢？」

「徐永遠說穿過門之後掉落地點會不同，所以我想應該是在其他地方。」夏司宇用食指輕輕貼在杜軒的眉心上面，「總之，他會透過這裡跟我們連絡，你不用擔心。」

「真麻煩……梁宥時的能力雖然很方便，但也太陽春了吧。」

「你跟他差不多。」

「呃、是沒錯啦……」杜軒自知理虧，無奈地搔頭，「看來只有徐永遠完全掌控自己的能力，他現在的實力和之前相比也差太多，根本就像開外掛。」

夏司宇沒回答，因為他也覺得徐永遠的能力很危險，不過這並不是他能評論的事。該慶幸徐永遠是同伴而不是敵人，他那種能力應付起來會特別棘手。

「待在這裡等不是辦法，先離開吧。」

杜軒拍拍屁股站起來，他不喜歡坐以待斃，而且他現在是真的很想找個暖爐保暖，內褲溼答答的感覺真的很難受。

只可惜，每次都事與願違。

伴隨著轟隆一聲巨響，上方那間像是辦公室的隔間突然被炸爛。

杜軒嚇到整個人彈起來，夏司宇則是立刻拉著他躲到物體後方去。

兩人蹲在地上，杜軒臉色鐵青地問：「搞什麼！又發生什麼——」

他話才說到一半就被夏司宇遮住嘴巴，無可奈何的他只能用抱怨的視線盯著他看。

夏司宇無視杜軒的抱怨，小心翼翼觀察爆炸位置，似乎沒有其他動靜。

但是隨著警鈴聲想起，不遠處又傳來了幾次爆炸，因為距離有點遠的關係，聲音聽上去很悶，但整個基地都被炸得晃動。

他原本以為這裡是梁宥時準備的安全地區，看樣子並不是。

於是他回頭對杜軒說：「我去看看外面是什麼情況。」

「什麼！」杜軒大吃一驚，顧不得安靜，匆匆把他遮住自己嘴巴的手挪開，「你、你是打算把我一個人留在這裡嗎？」

「這裡比較安全，萬一有什麼狀況你就躲到鐵橋下面去。」

「我才不要又把自己弄得溼答答的！我的內褲讓我很不舒服！」

「是命重要還是你的內褲重要？」

「當然是內褲！」杜軒想也不想立刻回答，接著噘嘴抱怨：「更重要的是我不想一個人待著，我要跟你一起去。」

夏司宇原本打算拒絕，並試圖說服杜軒躲在這，但他想起了徐永遠的提醒。

確實，把杜軒一個人留在這裡是不太好，雖然帶著他會很麻煩，但現在也只能這麼做了。

「那好，但你得乖乖聽我的，而且絕對不可以離我太遠。」

「當然不會，都什麼時候了我哪敢亂跑！」

決定一起行動後，兩人立刻往爆炸的隔間跑過去。

隔間雖然被炸得焦黑，裡面甚至還在失火，但是並不影響離開的路。

旁邊有扇門可以直接通往內部的走廊，只不過現在裡面布滿黑煙之外，還有很臭的炸藥味。

「嗚哇！」

「失火了！快逃！」

「等等！別丟下我！」

人們混亂的聲音迴盪在走廊裡，這讓杜軒和夏司宇感到驚訝。

難道說這裡不只有他們，還有其他人？

正當他們同時產生這個疑問的時候，面前的走廊正好有幾個人跑過去，都是沒有攜帶武器的普通人，穿著打扮也很普通，跟這個地方格格不入。

更重要的是——夏司宇一眼就看出來，那些是活人。

「夏司宇，那些人是……」

「活人靈魂。」

「啊？怎麼可能？」杜軒驚訝道：「為什麼活人靈魂會在……等等，這裡該不會是『遊戲空間』吧？」

「遊戲空間？」

「就是最上層那些遊戲啊，要找到出口才能回到身體裡去的那些無良遊戲。」

夏司宇歪頭看著他，因為太久沒聽見這個詞，所以他一時半刻沒有聽懂杜軒的意思，直到杜軒再次解釋才恍然大悟。

「……這麼說起來，感覺確實有點像。難道說我們回到上層了？」

在內部空間待得太久，久到讓他快要忘記最初遇到杜軒的那個地方。

這麼說的話，難道是梁宥時把他們從危險的內部空間拉出來了嗎？

「再怎麼說這裡都比之前那些地方安全。」杜軒嘆口氣，感慨道：「我從沒想過竟然會慶幸自己能夠回到這裡來。」

「要感動等離開這裡再說。」

夏司宇抓住杜軒的手，混入那些逃跑的活人靈魂之中。

活人靈魂們的注意力全在爆炸和失火這兩件事情上，根本不在乎身旁多了誰，趁亂混進去完全沒有問題，但隨著爆炸數量增加，失火的範圍漸漸變廣，他們能夠逃跑的路也變得越來越有限。

最後，所有人逃到了餐廳，已經有另外一群人早他們一步來到這裡，每個人都很狼狽，也被濃煙嗆得不輕。

杜軒和夏司宇待在這些人之中，沒有人注意他們，全都在苦惱要怎麼逃出去。

「那些爆炸到底從哪來的！」

「不知道啊！就突然間——」

「火很快就會燒過來，消防裝置呢？怎麼沒有動靜！」

「都被攻擊了，肯定是已經先把消防裝置破壞掉了啊！」

從這些人慌張的對話來看，很顯然他們已經沒有任何辦法了。

杜軒觀察所有人，皺緊眉頭，試圖弄清楚把大家困在這裡的『詛咒物品』是什麼。

「夏司宇，我們得離開。待在這裡什麼情報也拿不到。」

「你是要找詛咒物品吧。」

「對，只有拿到它才能把出口叫出來。」

夏司宇環顧周圍，撿起掉在地上的拖把，並把它的頭部踩斷，只剩棍棒的部分。

取得武器後，他轉頭對杜軒說：「我們走。」

杜軒點點頭，跟著夏司宇從其他門離開。

第七夜

開關

轟隆隆。

基地一直傳來各種大大小小的爆炸，連帶將整個建築炸得搖搖晃晃，他們經過的地方幾乎都被摧殘過，不是被炸就是養著大火。

一路上他們遇到很多活人靈魂，所有人都像是無頭蒼蠅，在基地裡到處亂竄，因為沒人知道哪個方向是安全的，只能拚命往大火和爆炸的反方向逃跑。

也有些人開始懷疑是其他人搞的鬼，進而開始彼此攻擊，雖然夏司宇用手裡的棍子把這些想對他們出手的活人靈魂打個半死，不過棍子也因為這樣而壞掉。

原本夏司宇就不打算對這些活人靈魂開槍，所以才會拿棍子防身，現在看到這些傢伙瘋狂、沒有理智的模樣後，他開始起了殺意。

眼前的情況對兩人來說已經是家常便飯，倒不如說現在這裡的危險和以往相比，根本就是小菜一盤，在經過「內部空間」的洗禮與危機後，火災和爆炸什麼的，應付起來簡單多了。

來到陌生的區域，第一件事情就是要搞清楚這個地方的構造，像在這種基地裡，肯定有控制室之類的房間。

要找到並不難，而且也如兩人預期，控制室附近的走廊是安全的。

除此之外，還有件事情讓杜軒很在意。

「夏司宇，你有發現這些爆炸不太對勁嗎？」

夏司宇看了他一眼，冷冷回答：「你是說爆炸有規則性，以及毀損的區域會自動進行修復？」

「……兩個都是。」杜軒輕輕嘆氣，果然夏司宇也有注意到這件事，那麼就不是他的錯覺了。

他們雖然在基地裡到處亂晃，但也不是沒想法地胡亂前進，因為「冷靜觀察目前的情況」，永遠是生存下去的不二法則。

「你果然也注意到了。」

「嗯，也就是說這個基地反覆進行著被爆炸摧毀的行為，並非有人正在進行攻擊。」

「這個地方就是故意搞成這樣的吧，一般來說不會有人留意到這點，只想著要逃命。」

杜軒以前也接觸過這種型態的遊戲空間，他清楚記得當時能夠在性命受到威脅的情況下保持理智思考能力的，除了他之外沒有別人。

當然，那次成功從遊戲空間裡離開的人，只有他一個。

「你覺得這個地方的『詛咒物品』會是什麼？」

「嗯——我有幾個想法，不過現在還有比這更重要的事。」

「什麼？」

杜軒站在控制抬前面，熟練地操作監視器，像是在找什麼東西。很快地他就因為沒有收穫而沮喪地垂下頭。

「找不到……」

「你在找什麼？」

「當然是徐永遠他們，你不會忘記這件事了吧？」

夏司宇眨眼，歪頭回答：「不，我沒忘記，只是覺得不重要。」

「之前黑影就想把我們分開來了，所以我們得盡快會合才行，只有一起行動的時候才能好好對付那傢伙。」

「難道你覺得梁宥時也在這？」

「不……感覺他應該在別的地方跟『管理人』一起觀察我們。」

「呵，躲在後面，不親自上戰場嗎？」夏司宇不由得冷笑，笑起來令人毛骨悚然，就連杜軒都忍不住替他們捏把冷汗。

「你可別開槍打他們。」

「不會的，至少在把目標消滅前不會。」

「哈、哈啊。」杜軒尷尬地苦笑，迅速轉移話題，「我剛才從監視器裡發現一件有趣的事，我覺得那應該就是我們要找的『詛咒物品』。」

「在哪？」

「喏。」杜軒指著螢幕說道：「這裡。」

螢幕裡是一間正方型的小房間，目測大約四到五坪左右，空蕩蕩地，就只有一個紅色按鈕放在房間中央的矮桌上。

不知道是不是刻意為之，按鈕旁邊還放著一盞檯燈，燈光直接照在按鈕上面，就像是暗示一樣。

「你覺得這有趣？」

「那麼顯眼的『詛咒物品』我還是第一次見到。」杜軒回頭對他說：「而且我剛剛用『預知』確認過，就是它沒錯。」

夏司宇有些驚訝，他沒想到杜軒竟然能若無其事地使用能力，明明都還不熟練，而且用了之後還不知道會不會昏倒，隨便使用的態度讓夏司宇不太高興地皺眉。

杜軒一見到夏司宇不爽，像受到驚嚇的小貓，豎起寒毛，趕緊為自己辯解：「我、我沒事！真的！我之前不是說過？預知短時間內的未來對身體的負擔比較小……」

「所以你就睜著眼、在我面前這樣做了？」

「我只是想先確認自己的猜測對不對，還有就是會不會遇到危險。」

杜軒沒想到他會這麼不高興，看來是他失去意識太多次，導致夏司宇對他使用能力這件事反感。

但，他還是得用啊，不能因為身體承受不住就放著不管，而且他們還得靠這能力收拾黑影人。

轟隆一聲巨響，控制室的天花板強烈地晃動著，就好像旁邊的房間被攻擊似的。

夏司宇拍拍杜軒的背提醒：「該走了，知道那個房間在哪嗎？」

「我已經透過預知大概判斷出位置。」

「好，我們走。」

果不其然，兩人一離開控制室就看見外面走廊被火吞噬。

剛開始還以為這附近不會受爆炸影響，看樣子他們猜錯了。

「你專心帶路，其他事我來我處理。」

杜軒點點頭，根據記憶前往按鈕所在的房間。

然而——他們才剛往前走沒多遠距離，突如而來的攻擊正好炸在他們站的那條走廊，整條走廊瞬間爆炸，揚起濃濃灰煙。

夏司宇咬牙蹲在地上，在爆炸前他來不及把杜軒拉過來，只能先把人往反方向推遠，這次的爆炸來得很突然，他可以感覺得出這個遊戲空間正在自行改變規則。

是黑影人暗中搞的鬼吧。

「咳咳咳！」

走廊另外一頭傳來杜軒的咳嗽聲，夏司宇急忙起身，大聲追問：「杜軒！沒事吧？」

「我、我沒事，咳咳……」

夏司宇鬆了口氣，看著被炸出洞的地板，皺緊眉頭。

「我過去帶你過來，待在原地，別亂跑。」

「知道了……咳、咳咳……你小心點。」

「用不著你擔……嗯？」

當煙霧散去，走廊對面變得清晰可見的瞬間，夏司宇並沒有感到安心，反而愣在原地，瞪大眼睛盯著杜軒看。

「咳咳咳……你、你幹嘛用那種表情盯著我看？」

杜軒一臉困惑地看著夏司宇的反應，接著他感覺到身旁好像有人影晃過，嚇了一大跳，急急忙忙爬到牆壁邊去。

那個人影也模仿他的動作，詫異地指著他的鼻子大喊：「媽啊！搞什麼？『我』怎麼會在那！」

杜軒聽到他這麼說之後，定睛一看，這才明白夏司宇為什麼會露出那種表情。

這個不知道從哪冒出來的男人，就像是他的複製人，無論是外表、體型還是身高、說話的聲音等等，全都跟他一模一樣！

杜軒立刻意識到這是黑影人暗中搞的鬼，當他轉頭想要向夏司宇表明身分的時候，卻被對方搶先一步。

「夏司宇！這肯定是『那傢伙』幹的好事！」

「啊？你別用我的臉跟聲音說話行不行！怪噁心的！」

杜軒不爽朝對方大吼，但對方卻比他更不爽。

「這句話是我要說的吧！媽的，果然事情沒那麼簡單。」

「你是打算先開口說話取得信任吧？居然耍這種小心思……」

「我可沒那個時間跟你混。」對方惡狠狠地指著他的鼻子說：「你是什麼能力？分身？還是說複製人？」

「老子的能力是預知！才不是那種沒品味的能力！」

「哈！我還是第一次聽到有人說自己沒品味。」

「行啊，你裝得真像，不要以為夏司宇看不出來誰才是真的！」

「甩鍋給別人？我跟夏司宇認識才多久，他沒開槍連我一起殺掉就該慶幸了！」

杜軒沒回嘴，因為他心裡覺得這句話還真有點道理。

他跟夏司宇認識的時間並沒有長到能在這種情況下判斷真偽，但他也不認為夏司宇會朝他開槍。

杜軒努力運轉腦袋瓜，試圖想出能夠解決眼前問題的辦法。

他剛才看見的「未來」並沒有發生這件事，果然——是他「預知」得太過隨便，漏掉了這個具有危險的「未來」。

總之不管怎麼樣，他得先想辦法讓夏司宇知道他才是真的！

「夏司——」

杜軒匆忙轉頭，想要說些什麼來讓夏司宇好分辨出自己，但他卻看見夏司宇舉起手裡的衝鋒槍，對準了他。

瞬間，他感覺到自己全身的血液瞬間凍結，因為他怎麼樣也沒想到，夏司宇竟然會想要對他開槍。

「夏、夏司宇？」他顫抖著開口，「你、你想做什……什麼？」

夏司宇冷著一張臉，對於向他開槍這件事，一點也不在乎。

面對杜軒的質問，他也沒有給予解釋，淡然地回答：「既然分辨不出來，那就全部殺掉。這是最快而且最簡單的方式。」

「等——」

碰的一聲，杜軒感覺到臉頰一陣刺痛，接著黏黏的東西流了下來。

他伸出手指輕輕撫摸疼痛的位置，看見指尖上的鮮血後，臉色鐵青。

夏司宇不是開玩笑的，他是真的想開槍打死他！

「你這——」

「下一發，我不會打歪。」

杜軒瞪大眼，清楚看見夏司宇用力按壓板機的動作，當下為了保住自己的小命，他別無選擇，只能先逃再說。

碰。

這回子彈貫穿杜軒頭部後方的牆壁，而杜軒本人則是蹲下身躲過。

夏司宇瞇起眼，接二連三開了好幾槍。

沒有一顆子彈打中杜軒，杜軒就像是早知道子彈的位置，總是能先一步閃避。

夏司宇看到這個結果後，輕輕地張開嘴，「哈」地一聲笑出來。

接著他迅速轉移槍口，準確無誤地開槍打中另外一個杜軒的腦袋。

那個「杜軒」完全沒想到夏司宇會突然偷襲自己，挨完子彈後直接倒下。

子彈貫穿的位置流出大量鮮血，接著便從杜軒的外表慢慢變為陌生男人的模樣。

杜軒雙腿癱軟跌坐在地，因為忙著閃子彈加上緊張的關係，搞得他氣喘吁吁。

夏司宇走到他旁邊，原本想伸手把他拉起來，但是卻被杜軒用力甩開。

「媽的！你在搞什麼鬼？」

夏司宇知道他的行為惹杜軒不爽，可是他不認為自己有錯。

於是他放棄把人扶起來，將槍收回背後。

「分辨你們的最快辦法就是『能力』，我知道你能預知我開槍的位置，所以才會這麼做。」夏司宇對上杜軒那雙憤怒的眼眸，嘆口氣，「你明明很清楚，不管發生什麼事我都不會傷害你。」

「那我臉頰上的傷哪來的？」

「這是暗號。」夏司宇用拇指輕撫杜軒臉頰上的擦傷，「我知道你看到我真的開槍後，就會意識到要使用『預知』能力。」

「你怎麼知道那東西不會連我的能力一起複製！光憑這點就想下判斷……」

「要是它能複製，那麼它早就出手了，而且我不認為那東西有辦法複製其他靈魂碎片的『能力』。」

杜軒頭疼地說：「真不知道你哪來這種想法。」

「大概是直覺？」

「別以為你這樣說我就會——」

「開玩笑的，我當然不會用這種方式下判斷。」夏司宇摸摸杜軒的頭，安撫道：「要是那東西能夠複製其他靈魂碎片的能力，那黑影早就這麼做了，不會挑現在這個時候才出來搞事。」

「少小看人了！該死的。」

杜軒再次揮開他的手，但這回，夏司宇的臉色變得很難看，似乎不打算再容忍他的抱怨，冷冰冰的喊了他的名字。

「杜軒。」

夏司宇那帶有威脅的語氣，讓杜軒害怕地抖了一下。

他抬起頭，還以為夏司宇會發怒，沒想到卻對上那雙誠懇、沒有任何謊言的直率眼神，出乎意料之外的反應讓他意識到是自己太過神經質。

過了許久，夏司宇再次嘆氣，但這回他沒有伸手碰觸杜軒，而是讓語氣變回他熟悉的那溫柔、疼愛他的音調。

「我絕對不會做出傷害你的事。」

看著夏司宇的這副表情，杜軒發現自己一句話都說不出來，最後他選擇了投降。

其實他比誰都清楚，夏司宇的選擇並非沒有任何道理，而且這確實也是當下唯一的手段，然而正是因為他很清楚這是對的，所以才更不爽。

「我們繼續前進吧。」

他別開視線，大步往前，直接跳過走廊上被爆炸侵襲過後留下的坑洞。

夏司宇轉頭盯著他的背影，垂低眼眸，聽話地回應：「知道了。」

／

一路上他們並沒有再遇到其他靈魂碎片的干擾，算是很順利就來到按鈕所在的房間，不過也因為太過順利的關係，反而讓人覺得心裡怪怪的。

爆炸一直都沒有停止過，越接近房間他就發現走廊上的屍體越多，而且都是斷肢或被炸一半的模樣，很顯然都是沒能逃過爆炸的活人靈魂。

他沒時間去在意這些人的死活，對於這些血淋淋的畫面，也已經漸漸習慣，對於自己的變化，老實說杜軒自己也覺得有點不妙，可是這都是為了活下去，為了從黑影人的手裡逃脫，並非是他本身的意願。

總感覺，他漸漸地被這個地方同化，與「普通人」越來越遙遠。

夏司宇似乎發現杜軒一直在壓抑自己別去在意那些屍體和其他人，便對他說：

「不用想太多，現在你只要專心解決眼前的問題就好。」

「……你什麼時候跟徐永遠一樣變得能讀人心？」

「這種事不需要讀心，看你的表情就知道了。」

「我有這麼好懂？」

「呵，你遠比自己想得還要單純。」

「什麼啊，笑得那麼噁心。」

杜軒嘟起嘴，悶悶不樂地碎嘴。

居然說他單純，夏司宇肯定是哪根筋不對。

進入房間的兩人，看見了透過監視器所見到的那個紅色按鈕。

房間內的溫度異常寒冷，就像是來到放置肉類、蔬菜等食品的冷藏櫃，不知道是因為太空曠的關係，還是說房間沒有窗戶又很昏暗，所以溫度才特別低。

夏司宇確認房間外面沒有狀況後，用腳從旁邊推了一小塊水泥碎片，卡在門縫底下，不讓房門完全關閉。

回到杜軒身邊之後，他看著杜軒直勾勾盯著按鈕看的模樣，挑眉問：「接下來要幹嘛？按按鈕？」

「你還真是問了個愚蠢的問題。」

「不然按鈕還有什麼作用？不就是拿來按的？」

「說這種話的傢伙，剛才居然還能瞬間判斷靈魂碎片的能力無法被複製這件事，根本就是詐欺。」

「這跟那是兩回事。」

「行吧，反正現在只要按下去就結束了。」

「你該不會還在擔心徐永遠他們？」

「嗯，因為我預知不到他們的位置，所以……」

「你不用管他們，有戴仁佑在不會出什麼狀況，再說，他待在這個地方的時間比你還久，經驗比你豐富很多，根本不需要擔心。」

「你說的也不是沒道理……好吧，那我們走。」

杜軒深吸口氣，舉起手用力往按鈕上面拍下去。

下一秒，外面的爆炸突然停止，整個基地變得鴉雀無聲，甚至可以清楚聽見其他活人靈魂因不再發生爆炸而開心歡呼的聲音。

可是這樣的喜悅，很快就被打斷。

安裝在基地各處的喇叭傳來聲音，就像是百貨公司廣播前的音效，接著從裡面傳出機械一般毫無起伏的女音。

「感謝您體驗本次空襲系統，敵方已收到您的投降請求，並決定在十分鐘之後摧毀本基地。」

「什、什麼？」杜軒聽到廣播內容，當場傻眼。

這是哪門子的廣播？到底在說些什——

「時間開始進行倒數。」

就像是想要擾亂所有人的思緒，廣播裡傳來清楚的倒數聲。

從九分五十九秒開始，很有規律地開始往後數數，每退後一秒鐘，就讓基地內所有人的心更往下沉。

原本還在歡呼的人們，慌張地開始逃離，即便不知道出口位置，但他們很清楚絕對不能站在原地發呆。

敞開的房門口可以看見其他活人在走廊奔跑的身影，而杜軒和夏司宇則是待在按鈕所在的房間，百般無奈地苦笑。

「他媽的……這都什麼鳥事？」

杜軒終於忍不住爆粗話，他預知到的未來和現在的情況完全不同！

似乎從那個擁有複製能力的靈魂碎片出現開始之後，就改變了他所看見的未來，但——怎麼可能？即便中間發生這種小插曲，也不該影響按鈕的結果啊！

該不會，按鈕按下去的結果是由黑影人控制的？所以才會產生這種變化？

「抱歉，事情變得比之前更麻煩了。」

杜軒誠心向他道歉，但夏司宇並不是很在意。

「意思是你看到的未來被改變了對吧。」

「呃、對……你倒是反應滿快的。」

「我大概能猜出原因是什麼，不過這樣也就表示我們確實來到上層，只有在這裡那傢伙才能這麼自由地控制一切。」

「你的意思是，黑影人的力量在這裡比較管用？」

「對，它在『內部』的時候很明顯掌控能力沒有以往好，所以才會老是派些奇怪的東西過來干擾。」

「這樣的話，梁宥時把我們送過來不就等於是給黑影人機會？」

杜軒摸著下巴，突然間，他像是明白了什麼，恍然大悟。

梁宥時會這麼做肯定是聽從「管理人」的指示，既然「管理人」已經說過它知道這整件事情的結局，從而在暗中引導著他們的話——那麼回到上層絕對有某種意義。

「上層是能夠讓活人靈魂回到肉體的空間。」杜軒抬起頭對夏司宇說：「你說會不會……『管理人』是打算讓我們回到肉體？」

夏司宇沒回答，因為他隱約也有同樣的想法，但這樣很奇怪。

都特意找了蘇亞他們來幫忙，為什麼還會想讓杜軒和徐永遠回到肉身？

這是打算把爛鍋丟給他們來收尾，還是說有其他「用意」？

不管怎麼說，「管理人」的想法應該跟他們猜得差不多，如今他們也只能先乖乖當「管理人」的棋子，任牠擺弄，只有這樣才能明白牠想走的究竟是什麼樣的結局。

「八分十二秒。」

廣播傳來報時聲，明明應該感到緊張，但杜軒卻覺得心情意外平靜。

夏司宇看他沒有要離開的意思，便抱住他的大腿，把他整個人往上抬高。

「嗚哇！你在幹嘛？」

「我看你沒有想要離開的意思，所以來幫你。」

「那你也別用這種方式──痛！」

因為抱起來的高度，在走出房間門的時候杜軒的額頭還不小心撞到門框，當場痛到說不出話來，但夏司宇一點道歉的意思也沒有，很顯然他是為了讓杜軒閉嘴，故意這樣做的。

杜軒眼角含淚瞪著夏司宇，可夏司宇卻完全不理他，熟門熟路地往前跑，像是早就已經知道要往哪走似的。

「你這傢伙，該不會知道出口在哪？」

「解開詛咒之後不都會出現門嗎？」

「那也得知道門的位置才能出去。」

「當然知道，就在我們剛才去過的地方。」夏司宇勾起嘴角，輕鬆地回答：「你在哪發現按鈕的，出口就在那裡。」

「你是說控制室？怎麼可能！」

「待會你就知道我說得對不對了。」

杜軒不想問夏司宇是怎麼知道的，因為身為死者的他，經歷過的遊戲肯定比他多很多，難道說──夏司宇打從一開始就知道這個基地的詛咒要怎麼解除？

雖說只是懷疑而已，但杜軒並不打算問清楚，他怕得到的回答跟他猜想的一樣，那他真的會忍不住揍夏司宇一頓。

結果，當他們回到控制室的時候，果然發現控制室的門在發光。門已經被打開，看來有些活人靈魂已經知道這是出口而離開，雖然不想承認，但夏司宇確實沒有說謊騙他。

夏司宇一臉「就跟你說吧」的表情盯著他，杜軒揉揉紅腫的額頭，只好妥協。

「……行，你厲害。」

「走吧，先送你回去。」

「呃、那你呢？」

「我會自己看著辦，反正既然『管理人』要你回去那你乖乖照做就是。」

「可是——」

杜軒話都還沒說完，就被夏司宇抱著衝進門裡。

被光芒環繞的感覺相當溫暖，而且熟悉，這是他好久沒有接觸到的感覺。

直到這個瞬間，杜軒才終於有種要「離開」的實感。

在進入光裡沒多久之後，他感覺到身體急速下墜，同時抱著他大腿的那雙手臂也消失不見。

「嗚——」

他明明已經體驗過很多次靈魂回到身體時的刺激感，可是這次他卻發現好像有哪裡不同，跟以往的感覺有很明顯的差異。

來不及細想原因，杜軒滿頭大汗地睜開眼。

熟悉的天花板、沒有燈光視線卻還算清楚，就好像眼睛已經習慣黑暗一樣。

他翻開蓋在身上的棉被坐起來，左右來回看。

這是他家，但他沒有回到這裡的記憶，有點不太對勁⋯⋯

是因為離開的時間太久，所以醒來後的情況不太一樣？以往他明明都是回到瀕死瞬間，可這次卻很顯然不是。

「唔、噁⋯⋯」

一股難受的反胃感讓他差點吐出來，頭痛到快炸開，四肢肌肉也在抽痛，就像是很久沒有使用。

接著他看見放在床頭櫃的手機發出亮光，他強忍著不舒服，查看訊息。

是店長傳來的慰問，看來他似乎在店裡昏倒後就被店長送回家休息，店長說他看上去只是睡著而已所以猜測他是過勞，並沒有帶他去看醫生。

雖然聽起來有點詭異，可是杜軒也只能接受現在這個結果。

「⋯⋯夏司宇？」

他看著黑漆漆的房間，低聲喊著夏司宇的名字。

可想而知，沒有得到半點回應。

杜軒搔搔頭，這是他早就知道的結果，但心裡卻難免覺得空蕩蕩地。

「該死的，到底是想要我做什麼？」

總而言之，他知道自己不能繼續躺在床上什麼也不做。

來使用「預知」吧──杜軒做出了決定。

好不容易回來，他得試試看能不能靠自我意識來控制「預知」。

做出決定後的杜軒，再次閉上眼，他原本以為會有點困難，但沒想到進行得比想像中還要順利，甚至感覺比之前用起來還要順手。

回到身體裡之後能力變得順很多，而且感覺起來他的「預知」畫面也變得相當穩定，怪不得「黑影人」想把靈魂碎片困住，它是知道身體對於使用「能力」來說有增幅效果吧。

透過「預知」，杜軒看見了幾個未來，全都和他原本所知道的結果差不多。

他睜開眼，眼神十分堅定，因為他確定無論是哪個未來，黑影都將會失敗。

「嘶……」

突然，杜軒倒吸口氣，因為腦袋瓜傳來陣陣刺痛，就好像有人拿刀往他腦袋裡用力插，而且視線也斷斷續續地出現模糊的情況。

看來就算能力用起來順手，身體產生不適感這件事倒是沒有任何改變。

「還是像之前那樣進行短時間內的未來預知吧。」杜軒邊說邊走下床，打算到冰箱裡拿點冰水來喝，但是他才剛走到客廳，就看見有個人影站在那。

因為讓人措手不及，杜軒嚇到整個人用力彈了一下肩膀，起先有些慌張，直到他發現那個背影有點熟悉，不是特別陌生。

就在他意識到對方是誰的瞬間，他的衣領突然被人用力從後方拽過去，接著頭頂飛過的刀刃就這樣掠過去，狠狠插在正後方的牆壁上。

「呃、搞什麼……」

杜軒攤坐在地上，感覺好像坐在某個人的跨間，屁股傳來的觸感特別奇怪，可惜他根本沒有多餘的時間思考，因為眼前的人影手中又多出了好幾把刀刃。

背對著窗外照進來的月光落在刀刃上，閃閃發亮，和那雙注視著他的眼眸一樣。

「嚇！」

刀刃再次朝他的臉飛過來，但他的眼前很快就出現一隻手臂，直接用肉身當作盾牌，讓刀子直接插進去。

看上去非常痛，可是這個人卻連一聲都不吭，從他耳後伸出一把手槍，連開三發子彈打中眼前的人影。

人影被子彈打穿，並沒有消失，只是像搖曳不定的煙幕，過幾秒後又恢復原樣。

杜軒冷汗直冒，因為這個人影有著跟他一模一樣的臉。

是的沒錯，「再一次」有著和他相同面貌的人出現在他面前。

剛開始他以為是「複製」能力的靈魂碎片，但想想也不對，它怎麼可能出現在這裡？

很快地，他就聽見耳邊傳來男人低沉的聲音。

「過來握住手槍！」

「啊？什、什麼……」

他沒聽懂這句話的意思，反倒是因為這熟悉的聲音而感到驚訝。

還來不及回頭確認對方是不是自己想的那個人，這男人就突然抓住他的手，強行讓他握住手槍，並且直接將他的手壓在掌心裡，朝眼前的人影再次開槍。

這次子彈準確無誤地貫穿了對方的頭部，同時那張臉也很快就化為煙霧，消失不見。

在危險解除後，杜軒張大嘴呆了幾秒，隨後才猛然轉身，趴在男人身上大吼：「你為什麼會在這！夏司宇？」

夏司宇被他壓在身下，一臉尷尬的看著他。

從他的反應來看，似乎也不明白為什麼自己會在這。

他是死者，只有靈魂而肉身早就已經不存在的死人，可是此時此刻他卻透過碰觸杜軒的那隻手，清楚感覺到彼此的體溫。

夏司宇面無表情地從手臂裡將刀刃拔出後，扔到旁邊去，看著慢慢復原連疤痕都沒有留下的手臂，輕輕勾起嘴角。

「……看來是『管理人』和梁宥時聯手搞的鬼。」

「什麼？」

「你和徐永遠都能聯手使用能力，他們倆當然也可以這樣做。」

杜軒愣在原地。

「傳送」和「回歸」的聯合能力——難道是讓人死而復生？

搞什麼！這種逆天行為未免也太誇張了吧！

第八夜

管理人（上）

杜軒從沒想過，竟然有天能見到夏司宇坐在自己家裡面。

看著夏司宇穿上跟他完全不搭的短袖，一臉好奇地盯著電視機看的模樣，從廚房拿可樂出來的杜軒真的覺得這一切都只是夢。

如果不是因為剛才接觸時實際感受到夏司宇的「體溫」，他也不會相信這種荒唐事，但——他發現自己越來越搞不懂「管理人」的想法了。

他下意識盯著夏司宇手臂，更正確來說是看著「應該」留下的傷口，皺緊眉頭。

普通人可沒有那種程度的恢復能力，就好像夏司宇那具身體不會留下任何傷口似的，讓人渾身起雞皮疙瘩。

「這到底是怎麼回事……為什麼不只是我，連你都……」

夏司宇拉開瓶蓋，灌了一口可樂後，舔舔嘴唇。

「好久沒嚐到食物的味道，沒想到感覺還不錯。」

「喂，我很認真在跟你討論，你別不理我。」

夏司宇抬眸盯著杜軒，繼續喝可樂，喝完後將瓶子直接掐緊。

「我知道的並不比你多，回過神來的時候我就看到你被影子攻擊，當下也沒注意到自己竟然有肉身什麼的……」

「那你剛剛幹嘛要我拿槍？」

「因為我開的槍打不死那傢伙，所以我就想說你的話搞不好可以。」

聽到他這麼說，杜軒不得不佩服夏司宇反應的速度有夠快，在那種情況都還能做出這種判斷，更重要的是，他賭對了。

「什麼啊，你不是復活了嗎？為什麼非得要我開槍才打得死那東西。」

「我想應該跟之前拿到的那把，用怪物做成的子彈類似。」夏司宇將鐵罐扔進垃圾筒，繼續說道：「只有活人的靈魂進行攻擊才能毀掉影子。」

「呃、可是這樣不是很奇怪，你明明就活著啊？」杜軒雙手環胸，歪頭打量著夏司宇，「是不是哪裡有問題？還是說殺死它是因為它是靈魂的碎片，只有同樣身為靈魂碎片的我才能消滅？」

「……不。」夏司宇嘆口氣，感覺起來他似乎原本不想講，但最後還是盯著自己剛才扔出鐵罐的手掌心說道：「我知道這樣講你可能會覺得我在開玩笑，可是我覺得自己並不像是復活了。」

「什麼？你這話是什麼意思？」

杜軒眨眼，怎麼看都覺得不可能，因為夏司宇確實活生生地站在他面前。

夏司宇起身走向杜軒，彎下腰貼近他，抓住他的手貼在自己的胸口上。

杜軒原本還有點緊張，因為夏司宇的表情嚴肅到讓人笑不出來，而當他發現手掌心底下的感覺平靜如水，沒有半點起伏或是跳動感的瞬間，驚訝地瞪大眼。

他先是猛然抬起頭看著夏司宇，接著跳起來，像是要確認一樣，直接把臉頰跟耳朵貼到他的心臟位置。

就這樣維持十幾秒鐘時間後，杜軒臉色鐵青地把頭挪開，不敢置信地說：「這、這是什麼……不是，那你到底……」

夏司宇的心臟沒有在跳動，胸口也沒有起伏，把手指貼在他的鼻孔前面，也感覺不到任何氣息——種種跡象很明確的表現出夏司宇並非「活著」的人。

「可是你、你有體溫……」

「啊，確實。但我的心臟沒有在跳動也是事實。」

「這怎麼可能……那你現在到底是……」

「活著，但也不算是真正活著。」

熟悉的聲音從旁邊傳來，杜軒和夏司宇立刻轉頭，盯著站在餐桌椅背上的黑色小鳥。

黑色小鳥如以往般態度傲慢，但牠的形象卻跟之前看到的影子一樣，模糊不清，只剩下輪廓而已。

「管理人，你到底想幹嘛？」

「你透過能力不是已經知道了嗎？」

「你現在的所作所為跟我看到的『最後結果』完全不一樣。」

「不用擔心，我會引導你的。就像以前那樣。」

「哈！說那什麼鬼話，你的作法根本就沒把我們這些同類放在眼裡吧！」

「因為不需要。」

「你說什——」

「總之，現在鬣狗並不是真的活過來，而是梁宥時利用能力回到過去，找到他的屍體並保存後帶回到你現在生活的這個時間點，他的靈魂則是我放進去的。」

「所以他有體溫卻沒有心跳？」杜軒氣得咬牙，「你把他搞得像活死人似的，到底是想做什麼！」

「因為需要。」黑色小鳥抬頭，沙啞的聲音，口吻冷冽，「去看看未來吧，這樣你就會明白我的意思。」

「你現在說清楚不就好了？反正黑影也不會出現在這，根本不用怕它會監聽。」

當杜軒這麼說的時候，黑色小鳥突然沉默不語。

牠莫名安靜的態度，令杜軒心裡浮現出不祥的預感。

「……你那個態度是什麼意思？」

「那傢伙現在就在這裡，它原本想進入並利用你的身體，所以你必須回來。」

「什麼？它來這裡幹什麼？」

「讓這個世界不再有活人與死者的區分。」

黑色小鳥一邊說著，身體一邊開始慢慢化成煙霧消失，看起來似乎沒辦法維持太長時間。

而牠的話，讓杜軒相當吃驚。

不再有活人與死者的區分？難道說黑影人的目的是把所有活人帶到底下的空間去嗎！

「它想讓我們無路可逃，既然沒辦法將我們吸收，就把活人的世界和我們的世界變成同一個……這就是它的想法。」黑色小鳥說完後，嘆了口氣，「真是令人悲哀。」

「所以剛才攻擊我的人影是……」

「是被它吸收掉的靈魂碎片之一，總之，其他人會留在裡面想辦法消滅被他吸收掉的那些靈魂碎片，你只要專心找到它就好。」

「我？就我跟夏司宇兩個人？」

「梁宥時已經把傳送空間完全關閉了，所以沒有靈魂能離開那裡。」

「哈！你真是喜歡扔鍋給我，怎麼想都是徐永遠比我適合做這件事吧！」

「別妄自菲薄。」黑色小鳥瞇起眼，「你遠比自己想像得還要強大許多，所以，乖乖照我的話去做。」

身體已經消散到只剩頭部的黑色小鳥，在完全消失前，給了兩人最後的提醒：

「鬣狗的使用期限大約只有三小時左右，所以，別白白浪費時間。」

「三小——」

杜軒還想抱怨，可惜來不及。

黑色小鳥完全消失不見，只留下一點點殘渣。

他頭痛萬分地扶著額頭，但相較之下，身為當事人的夏司宇倒是一點也不在意。

「我真的會被那隻鳥氣死！」

杜軒雖然抱怨，但他還是乖乖將手腕上的電子手錶設定好三小時的倒數後，取下來戴在夏司宇的手上。

夏司宇還是第一次戴這種錶，覺得有些新奇，不過他很快就感覺到左眼位置有些刺痛，讓他有點難受地皺了皺眉頭。

「怎麼了？哪裡受傷了嗎？」

「……不，沒什麼。」夏司宇垂低眼眸，摸摸對他露出擔憂神情的杜軒的頭，「先照那隻鳥的話去做，時間不多，如果說它真想把所有活人殺死的話，那就得引發災難等級的危機。」

「啊啊，我知道。」杜軒瞇起雙眸，「靈魂碎片的能力之中有個叫做『崩壞』，你還記得吧？」

「你是說毀掉空間，害我們分散的那個？」

「對，如果它想要一口氣殺死所有人的話，只需要使用那個能力就可以。」

「那它是怎麼離開空間跑到這裡來的？」

「我們這些靈魂碎片本來就可以自由進出，只是沒有肉體的話就沒辦法待在這裡太長時間，而且能力也會受到限制。」杜軒皺緊眉頭，認真思索，「它大概是在這段時間裡拿到了『倍數』的能力……也就是說能夠增強原本的能力，所以才會打那個主意。」

「那你呢？你的能力也受到限制？」

杜軒頓了半秒後，搖搖頭回答：「不，很奇怪的是並沒有。」

他現在感覺自己雖然不像是全盛時期，但能力並沒有被削減。

是因為他的肉身與靈魂是相連的嗎？還是說因為他本來就是活著的人，跟沒有肉體、屬於孤魂野鬼的那些靈魂碎片不同。

總而言之，他得快點行動才行。

「我來預知那傢伙的位置，絕對不能讓它得逞。」

「嗯，知道了。」夏司宇眼角餘光飄向角落邊，慢慢從陰影裡冒出來的爪子，重新拿起放在桌上的手槍，「剩下的交給我來。」

這次來的並不是靈魂碎片，很大機率是黑影人找來的砲灰。

既然能透過影子把「怪物」拉到這個世界，看來它很清楚杜軒想消滅它。

「到房間去。」夏司宇邊說邊問：「你預知需要多少時間？」

「給我五分鐘，我不想要半吊子看完所有『未來』，這次我要掌握一切。」

「好。」

杜軒答完後，立刻轉身衝進房間。

而夏司宇則是拉開手槍，抬起來對準這些頂著各種動物頭的半人半獸，輕輕扯動嘴角，露出笑容。

「好久沒開真槍了，這種感覺真懷念。」

在半人半獸撲過來的瞬間，夏司宇開槍命中其中一隻的腦袋，接著衝上去直接用手肘狠狠打在另外一隻的喉嚨上，將牠推倒在地，並抽出綁在大腿上的軍刀，割開喉嚨。

一連串的戰鬥，行雲流水，彷彿這具身體從未忘記過殺人的感覺。

當夏司宇親手碰觸到怪物漸出的鮮血時，那份刺激，讓他差點以為自己那顆停止跳動的心臟活了過來。

他的眼中閃爍著厲光，讓那些怪物不由自主地感到畏懼。

「敢往前一步試試。」夏司宇拔起插入怪物喉嚨裡的軍刀，全身沾滿鮮血，慢慢走向牠們，「我絕對會讓你們後悔。」

明明都是忘記恐懼為何物的棋子，只不過是為了完成命令、沒有其他想法的空殼，然而這些怪物的腦海裡確實浮現出「逃跑」的念頭。

牠們是獵人，從來就不是獵物。

可是當牠們站在這個男人面前，彷彿牠們才是被狩獵的對象。

／

「預知」能力說上去很簡單，但其實也沒有簡單到哪裡去，聽起來好像全知全能，可實際上並非什麼都能知道。

你可以想像自己拿著遙控器，坐在電視機前面，從影音平台上挑選多部影片，不過這些影片看起來內容都差不多，只有些微的變化。

這就是「預知」未來時，杜軒的感想。

他們所在的，不過是所有未來中的其中一段影片而已，而之後會怎麼進行，並沒有百分之百的解答，所以杜軒透過「預知」能知道的，只有那種「必定會發生的事」、或是「這樣做會有什麼樣的結果」。

「預知」可以作為線索幫助他們，但並不是絕對好用的，若是太依賴這份能力，反而會導致喪失判斷能力，所以杜軒並不覺得自己的能力很棒，嚴格來說，徐永遠和梁宥時的能力比他好用千百倍。

「管理人」會需要他，是因為他知道該怎麼消滅「靈魂碎片」，也為了避免事情受到影響而必須保護他，不讓他的能力被黑影人吸收。

杜軒心裡很清楚，自己的能力並不能算得上是強，在「管理人」將他們這些靈魂碎片分散出去後，所有人的能力似乎都不如以往強，不過對付黑影人卻是綽綽有餘。在夏司宇留給他的這段時間裡，杜軒透過能力看見了未來。

確實，現在看到的未來和他最初能力剛恢復時所看到的不太一樣，不過他也不打算多說什麼了，反正「管理人」很認真想走他想要的「結局」。

雖然他也有想過要去看「過去」，試圖知道「管理人」在分散靈魂碎片之前所做的最後預知內容，但——那個部分就像是被人強制抹去一樣，怎麼樣都看不到。

看樣子應該是被「管理人」特別保護起來了，不過這麼想也對，萬一他的能力被黑影人吸收的話，黑影人就會知道「管理人」的目的，如此一來他們之後所做的一切，全都沒有意義。

只能說「管理人」事情做得很徹底，想消滅黑影人的意圖也非常堅定。

黑影人原本也是靈魂碎片之一，這麼做等於是殺害同類，但，也沒其他辦法了。它打算做的事情會打壞活人和死者之間的平衡，所以無論如何都得阻止。

當約定好的五分鐘一到，杜軒就聽見門口傳來敲打聲，似乎有人用物品打擊門板的樣子。

杜軒有些緊張，直到聽見門外傳來夏司宇的聲音。

「你沒事吧？」

「沒、沒事……」

「可以開門，外面很安全。」

杜軒嚥下口水，因為外面聽起來很安靜，難道說夏司宇真的花不到五分鐘的時間就把那些怪物全部解決掉？

雖然他剛才還有聽見幾聲槍響，但很快就沒有了，他原本還有點擔心在子彈不夠的情況下要怎麼跟那些怪物拚命。

他先打開一點小縫隙，偷看站在門口的夏司宇。

夏司宇不懂他在幹什麼，只覺得他這副怯生生的模樣很好笑。

「你身上有血，難道受傷了？」

當杜軒一見到夏司宇衣服上的血跡，立刻把門打開，抓著他的手仔細檢視。

夏司宇見狀，不禁失笑。

剛才還那麼膽小害怕的樣子，現在居然因為擔心他受傷而立刻把門打開，真不知道該說他謹慎還是單純。

「那不是我的血，我沒受傷。」

「呃，真的假的？」杜軒一臉不敢置信的盯著他看，「你真的一個人單槍匹馬地把那些怪物幹掉了？」

「牠們並沒有看上去那樣難對付。」

「就只有你才會說這種話，我大概會被秒殺吧。」

夏司宇摸摸下巴，毫不留情地點頭回答：「很有可能。」

「喂！就算是實話你也別說得這麼肯定好嗎？很傷人。」

杜軒推了一下夏司宇的胸口，但發現自己根本推不動，反倒是自己倒退了兩、三步，兩人之間的力量差距，讓杜軒覺得有種淡淡的哀傷。

他有些尷尬地裝作沒事發生，走回客廳。夏司宇忍著笑跟在後面，當他看見杜軒見到噴滿鮮血和怪物屍體的客廳後，還以為他會生氣或驚訝，但意外的是杜軒卻表現得非常冷靜。

「你好像已經習慣屍體了。」

「並不是好嗎？傻瓜，這種事怎麼可能會習慣。」杜軒很不高興地反駁，「以前還可以當作一場夢騙自己，但現在可是活生生的世界啊，和以前完全不同。」

血的味道讓他頭暈想吐，看著那些可怕的傷口和冰冷的軀幹，杜軒只能盡力催眠自己當作什麼也沒看到。

老實說，比起之後怎麼跟房東解釋家裡為什麼會變成這樣，他更擔心鄰居會不會報警。

但——回頭想想，事情有些奇怪。

他住的地方算是很熱鬧的社區，而且剛才在戰鬥的時候，夏司宇也有開槍，光是這樣就應該足夠吸引其他人的注意力才對，就算下一秒有除暴隊踹門進來查水錶他也不意外，可事實上並非如此。

除此之外，他覺得這個時間點，外面太過安靜。

他家的時鐘顯示現在是晚上八點多左右，這個時間點外面應該不會這麼安靜才對，從窗外看過去，馬路上甚至沒有車輛經過，就只有店家的燈是亮著的，路上也沒有行人。

杜軒很不安地衝回房間拿手機，甚至打開電腦查詢，果然——網路斷線、手機也沒有信號，整個世界就像是被沉默了一樣。

「你慌慌張張的在做什麼？」

夏司宇看著杜軒匆忙把手機和能做為防身武器的刀片塞進胸包，滿臉困惑。

杜軒很不安地回答：「我們剩下的時間不多了，得去想辦法阻止源頭。」

「源頭？什麼意思？」

「黑影使用靈魂碎片的力量，強行把活人拉入遊戲空間。」

「這就是你剛剛『預知』看到的未來？」

「不，是正在進行的事情。而且我沒有時間去看太多未來，所以只能大概抓出幾個重點。」杜軒抬起頭，冷汗直冒，「黑影人打算先控制所有活人，然後再讓他們一個個去自殺，這樣靈魂就會自動進入遊戲空間，裡面的怪物和其他死者會替他收割這些靈魂。」

「……這麼說起來，『武器庫』之前突然開始預告活人靈魂出沒地點，難道也是用這個方式？」

「沒錯。」

「這表示它已經開始行動一段時間了。」

「對，它故意拖延我們的行動，不讓我們離開，估計也是這個原因。」

「要怎麼阻止？」

「消滅那個靈魂碎片就行。」

杜軒背好包包後，衝出房間門，夏司宇也緊跟在後。

兩人邊跑邊繼續剛才的話題。

「你知道它在哪？」

「知道，所以先去阻止，總之得阻止活人靈魂繼續進入遊戲空間。」

因為沒有時間詳細說明，杜軒只能先跟夏司宇說明這件事。

當他們來到公寓外面的時候，果然看到很多人站在屋內，手裡拿著刀正要往脖子上刺。

這就是進入遊戲空間的第一要素——當活人面臨的死亡瞬間。

屋內有些人是正在這樣做，有些人則是像回過神來之後，自己劃破喉嚨，倒地死亡，身體不斷抽搐的同時，脖子還在大量噴血。

杜軒立刻撇頭，努力把剛才看到的畫面從腦海裡洗掉。

但，這是不可能的，就算他很想當作什麼都沒看見，但看到別人自刎的場面後，不可能還能不為所動。

夏司宇發現杜軒臉色不是很好，擔心他是不是使用了太多能力，畢竟他已經因為「預知」的能力而倒下幾次。

「我們的動作必須快，你的時間不多。」

「兩小時半而已，很夠用。」

「你啊……還真是不把自己的命當成一回事。」

夏司宇扯動嘴角，輕笑道：「我本來就是死人，沒什麼好在意的，只要能幫上你的忙就夠了。」

聽到他說這種話，杜軒怎麼可能還吐槽他。

他緊抿雙唇，繼續趕路。

「都什麼時候了還裝酷，一點都不懂別人的感受。」

說真的，他很想狠狠往夏司宇的臉上揍一拳，不過現在先暫時忍住。

等事情全部結束後再揍也不遲。

他雖然透過「預知」知道「管理人」想要他做的事，但他可從來沒說過要乖乖照它的話去做。

／

「雖然之前在內部見過一次，但實際來到你住的城市，還是覺得很漂亮。」

「喂，你又不是來觀光的！專心點行不行？」

正當杜軒想辦法跨過鐵柵欄，溜到某棟大樓裡面去的時候，夏司宇倒是很悠哉地開始欣賞起旁邊的風景。

在聽到杜軒的抱怨後，夏司宇轉過頭，盯著裡面的建築物問：「要進去裡面？」

「當然！不然我這麼辛苦爬做什麼？」

已經坐在鐵欄杆上的杜軒，很不滿地看著夏司宇，結果沒想到夏司宇身手俐落、花不到三秒鐘時間就輕鬆翻過去，安然無恙地踩在地上，轉頭盯著他看。

他帥氣翻過鐵柵欄的行為，讓杜軒覺得自己就像個沒腦子的笨蛋。

「你這傢伙……」

「跳下來吧，我會接住你。」

「我才不要！」

前一秒才剛逞強的杜軒，腳不小心被拌了一下，結果整個人重心不穩摔下來。

好在夏司宇手腳很快，穩穩接住他墜落的身軀。

兩人視線交錯的瞬間，杜軒因為羞恥而整張臉爆紅，夏司宇倒是一臉平靜，看著杜軒跳下去之後背對著自己，氣呼呼地往大樓方向走過去。

「不說聲謝謝？」

杜軒直接回了根中指。

夏司宇聳肩，跟在杜軒後面往大樓方向走。

大樓入口鐵門拉下來，很顯然沒辦法輕鬆闖進去。

「果然沒有我想得簡單。」

「這裡是什麼地方？」

「電信公司。」

杜軒邊說邊往旁邊探頭探腦，果然找到後門，但門把卻被鐵鍊鎖著，沒辦法打開。

正當杜軒苦惱該去哪裡找工具把鐵鍊弄斷的時候，夏司宇突然掏出槍，一槍就把鐵鍊上的鎖打壞。

杜軒眨眨眼，差點沒被他嚇死，而夏司宇則是慢悠悠地將鐵鍊取下來之後推開門，先他一步走進去裡面。

杜軒立刻追上去抱怨：「你以後要開槍的時候能不能先跟我說一聲？」

「怎麼？怕我會打到你？」

「是怕被你開槍的聲音嚇死！」

杜軒氣急敗壞地朝著他的耳朵大吼，夏司宇用手捂著右耳，不懂杜軒怎麼突然變成炸毛的貓，對他發脾氣。

「而且你的子彈不知道有多少，這樣隨便浪費……」

「啊，關於這點。」

夏司宇停下腳步，轉身拿出手槍，拔開彈夾，將所有子彈倒出來。

「你在幹嘛！」

「手給我。」

「什……」

杜軒還沒搞懂他想幹嘛，自己的手就已經先被拉過去，握住彈夾。

當夏司宇抓著他的手把彈夾放回手槍內之後，才鬆開手，並且立刻朝旁邊的牆壁連開三槍。

杜軒捂著耳朵、瞪大眼睛，不敢相信夏司宇居然又突然開槍。

但，更讓他訝異的是，手槍裡居然有子彈？

「這這這、這又是……」

「似乎只要用活人靈魂就可以填補子彈，而且我剛才也測試過，我自己能開槍打死怪物，只有『影子』是例外。」

「你什麼？」

杜軒啞口無言，他實在不得不佩服夏司宇的行動力，更重要的是，這麼短時間他就能釐清這麼多頭續，果然是因為經驗的差距嗎……

最後他扶著額頭，無奈嘆氣：「你知道的還真多。」

「我醒來後手裡就只有這把手槍，所以我想應該不是普通的武器。」

「哈啊……你的適應力真讓人感到害怕。」

夏司宇看了他一眼，將手槍收起來，轉而問道：「你來這裡打算做什麼？」

「哼……別以為我不知道你想轉移話題。」杜軒嘟起嘴，十分不滿夏司宇這副無所謂的態度，但他還是乖乖回答問題：「我要來這裡阻止訊號被干擾的問題。」

「是靈魂碎片幹的？」

「對，是黑影讓它來的，它就是透過波長來控制人的大腦，這樣一來只要是有基地台的地方，就可以傳送這種特殊波長進入人的大腦，長時間下來就能讓大腦思考能力癱瘓，變成好使喚的棋子。」

「特殊波長？」夏司宇摸著下巴，對此感到十分懷疑，「雖然我有想過，但沒想到科技竟然進步得這麼快速，連這種事都做得到。」

「最簡單的就是透過手機傳送波長，現在人幾乎人手一隻，所以根本不怕沒有媒介。」說到這裡，杜軒突然對夏司宇剛才說的話感到好奇，便抬頭問：「說起來，你該不會是活在不知道無線網路這種東西的時間點吧？」

「我確實不知道。」

「但你看到手機的時候不是沒什麼反應？」

「我在內部空間很常看到這些物品，再透過其他活人靈魂的對話，大概知道那是什麼東西，可是你要我操作的話我就不會了。」

「嘿——」與夏司宇想像相反，杜軒突然雙眸閃閃發光，露出充滿好奇的表情，甚至忍不住感嘆：「真有趣！」

夏司宇眨眨眼，實在不知道該拿這個奇怪的笨蛋怎麼辦才好。

他摸摸杜軒的頭之後，繼續往裡面走。

「這些都是你透過『預知』看到的情報？」

「嗯。」

「你的能力真的很好用，很適合戰場。」

「別說那麼可怕的話，光想像我就不行了。」

「哈！的確。」夏司宇勾起嘴角，看著杜軒抱著自己的手臂發抖的模樣，確實覺得不妥，「你去的話，大概活不到半小時？」

「能在戰場上站十秒鐘我自己都不信。」

「這話可是你自己說的。」

「對，我講的，所以你什麼也別說！」

自己承認和從別人口中聽見的話，感覺差很多。

他可不想被在戰場上稱作「不死鬣狗」的男人批評。

兩人就這樣一邊鬥嘴一邊來到主控室，走過來的路上都很安靜，就像這裡沒有任何人在，這讓杜軒覺得有些奇怪。

雖說現在這個時間點確實不會有其他人，但這裡還是安靜得有點過於可怕，而且直到剛才還想殺他們的怪物跟影子，也不知道為什麼都沒動靜。

主控室沒有上鎖，裡面的椅子東倒西歪，萬幸的是控制台完好無缺。

「你知道要怎麼做嗎？」

「不知道，我才不懂這種東西。」杜軒邊說邊拿起放在白板旁邊的鐵鎚，大步走向控制台，高高舉起鐵鎚準備砸下去。

「反正，直接把這東西毀掉就好了。」

說完，他使出渾身力氣往下揮鐵鎚，但他還沒碰到控制台，就先被突然衝上來的夏司宇抓住手腕和腰，抱著他迅速往後退開。

杜軒原本還想罵人，可是他卻看見控制台裡有黑色的液體流出來，慢慢地覆蓋主控台，就像是柏油路面的瀝青，傳出一股臭味。

重點並不是這個東西的模樣和氣味，而是它瞬間撲過來對他們發動攻擊。這可不是用鐵鎚或子彈就能打死的敵人啊！

「呃啊啊啊！」

杜軒放聲慘叫，夏司宇則是踹翻旁邊的桌子，拉著他躲在後面。

桌子被撲過來的瀝青衝撞，眼看就快要撐不住，但夏司宇卻用背硬扛著，好不容易才撐下來。

一波攻擊過去後，看似恢復平靜，可是杜軒卻發現主控室的門被瀝青覆蓋。

接著，毛骨悚然的感覺傳來，直覺告訴他，是「影子」。

老實講，杜軒真的害怕到不行，但他也很清楚現在不是顧慮自己心情的時候。

他從桌子後面站起來，直勾勾面向控制台，果然，在控制台上坐著一名翹著二郎腿的影子，就跟他在家裡見到的那個朝他扔刀的影子一樣。

這些都是被黑影人吞噬的靈魂碎片，全都淪為他手中的棋子和力量，但他們這些靈魂碎片本來就不是該被任何人操控的，而他們之間本來也不該成為敵人。

「管理人」之所以能夠安然無恙地維護著生與死的界線，管理著活人與死者的靈魂，是因為他們這些靈魂碎片有著共同的目標——然而當其中一個靈魂成為叛徒，那麼將會瓦解靈魂所在的空間。

以前杜軒並不知道這些，全是因為恢復了能力，以及部分在還是靈魂碎片時的記憶，所以眼前這些靈魂碎片對他來說，比起敵人，更像是認識多年的朋友。

「可以的話我並不想傷害『那傢伙』以外的靈魂碎片，它給我們造成的損害已經太多了，難道你不這麼認為嗎？」

影子沒有反應，仍舊坐在那。

夏司宇原本還很擔心，但看到影子的反應和之前遇到的有點不太一樣後，便不干涉兩人之間的交談，可是卻沒有放下戒心。

剛才杜軒想毀掉控制台的時候，他明顯感受到殺意，所以才會把人拉走。

如果說它對杜軒沒有敵意的話，為什麼還要先發動攻擊？

「……我知道它是怎麼吸收你的，如果你也一樣想讓一切回歸正軌，就跟我走。」

「什——」夏司宇聽到杜軒說的話，沒等影子回應，自己先衝過去拉住杜軒的手臂大吼：「你知道自己在說什麼鬼話嗎！」

「知道。」杜軒轉頭看他，表情十分平靜，就像是毫不在意。

「你……」

「靈魂碎片之間是能互相吸收的，我之前有遇過同樣的事，只不過我當時不知道而已。」

受傷時遇到的靈魂碎片，填補了他受損的靈魂，多虧它他才能安然無恙，這表示他其實也能夠吸收其他靈魂碎片。

如果它能把被黑影吸走的靈魂碎片全部搶過來的話——

就在杜軒這麼盤算的時候，控制台上的影子跳了下來。

但它並不是要接受杜軒的提議，而是重新鑽回控制台裡，接著從天花板上的廣播，傳來刺耳、擾人的尖銳音頻。

「唔呃——」

杜軒摀著耳朵蹲下來，但夏司宇卻一把搶過他手裡的鐵鎚，甩動手臂，狠狠砸爛控制台。

不知道是他砸得太用力還是砸得太準，控制台一下子失去電源，刺耳聲也跟著停止。

伴隨著控制台傳出的陣陣火花與黑煙，兩人第一時間以為順利阻止了，但沒想到聲音又再次傳來。

這回夏司宇不忍了，直接一連串地搗毀所有螢幕跟鍵盤，直到確認它再也沒有動靜為止。

耳朵終於能夠得到清靜，而控制台也已經被砸成稀巴爛。

「這樣應該也算是毀掉它了？」

「應該。」杜軒掏掏耳朵，還有些頭痛地皺眉，「該死，果然預知得不詳細點，就會遇到這種鳥事。」

「那我們走吧。」

夏司宇左顧右看，熟門熟路地用鐵鎚打開通風口之後向杜軒伸出手。

杜軒扁著嘴，悶悶不樂地將手交給他，跟在夏司宇的屁股後面爬出去。

第九夜

管理人（中）

「你不覺得有點太過簡單？」爬出通風口之後，夏司宇好奇地問：「如果說這個地方很重要，那麼為什麼黑影都沒來阻止我們？」

「因為阻止徐永遠他們留在遊戲空間才是它的目的，不過黑影現在人在這個地方，我們得找到它並想辦法解決它，才有辦法阻止那些被它控制的靈魂碎片，解除這些被它操控的能力。」

「這應該也表示，黑影覺得對付我們綽綽有餘對吧。」

「……沒錯。」

「哈，真讓人不爽。」

夏司宇黑著臉，他不喜歡這種被對手完全看穿的感覺。

兩人回到街道的時候，就像杜軒說的，解除控制後並沒有產生太大的變化，因為這些人全都還被困在遊戲空間裡。

在他們經過一間麵包店的時候，店裡穿著制服的服務生突然醒了過來，接著下一秒就將手裡的刀刺進脖子裡。

大量鮮血濺在麵包和貨架上，痛苦不堪的服務生在店內東倒西歪，連聲音都喊不出來，就這樣跌跌撞撞摔出店門口。

夏司宇拉了杜軒一把，才沒讓杜軒被這個滿身是血的店員撞到。

杜軒愣在那，看著倒在地上抽搐、嘴巴微微開闔，像是在說些什麼的店員，垂下眼眸。

他撇開眼，不願多看，咬著牙繼續往前。

夏司宇只是冷冷撇了地上的男人一眼，跟在杜軒身後。

「再來要去哪？」

「我知道『那傢伙』在哪，估計它也知道我會去找它。」杜軒皺眉，「因為所有的『未來』裡面，它都只是待在同個地方，從來沒有改變過。」

兩人很有默契，完全不去提剛才看到的屍體，安靜的街道上，只有他們向前奔跑的腳步聲。

「它知道你的能力是什麼，也知道『管理人』在打什麼主意吧？」

「畢竟本來就是同類。」

「呵，而且還是很有個性的靈魂碎片。」

杜軒聽著耳邊傳來夏司宇的輕笑聲，彷彿他們現在在做的事情很輕鬆似的，這讓杜軒有那麼一點不爽，當他斜眼盯著夏司宇揚起的嘴角時，不經意與他對上眼，那份不爽的感覺又很快消失不見。

他忍不住嘆氣，自己還真夠單純，就是沒辦法生這個男人的氣。

「夏司宇，我問你——你想回去當死者嗎？」

「真是個有趣的問題，你是覺得我被困在那種鬼地方很可憐？」

「問問題的是我，不要丟問題回來給我。」

「……知道了。」夏司宇摳摳臉頰，原本他是想緩和氣氛，沒想到杜軒竟然這麼認真，這樣一來他也只能乖乖回答，「說想回去的話絕對是騙人的，不過說真的，我不覺得我活著會比當死人來得好。」

「什麼？這是什麼意思？」

「我活著的時候奪走了很多人性命，雖然不是自願的，對身為軍人的我來說，為了自己國家而殺人也是正確的決定，我也從來沒有後悔過，但……如果說那個地方就是我們這些罪孽深重的靈魂的監牢，我願意待一輩子。」

坦白說，杜軒沒辦法完全理解夏司宇的想法。

不是說他覺得夏司宇殺人是不對的，又或者說他這種懲罰自己的想法很悲觀，而是他沒辦法想像永遠待在那個地獄裡的未來會是什麼樣子。

即便是無期徒刑，但只要死亡就能解脫、重新來過，就連那些十惡不赦的罪犯都有重生為人的權利，為什麼像夏司宇這樣的好人非得要用這種方式來懲罰自己？

「夏司宇，你是好人，所以不要說那種令人難過的話。」

「好人？」夏司宇收回視線，嘴角連一絲笑容也沒有，「你只是因為受到我的幫助所以才這樣想而已。」

「那有什麼關係？你幫助我是事實，更何況我也不是對每個人都這樣。」

「別忘了，是『管理人』設陷阱讓你遇見我的。」

「但是下定決心保護我是你自己的選擇。」杜軒理直氣壯地說：「不論『管理人』看到什麼樣的未來，在不受到它影響的前提下，你所做出的決定才是最真實的。」

「預知」只是提早知道未來會發生什麼，並無法改變一個人的本質。

「我不會因為你以前奪走過多少條人命，來判斷現在的你是好人還是壞人。」

夏司宇微微睜大了眼，不由自主地因為杜軒的這番話而感到溫暖。

會對他說這種話的，估計也只有眼前這個腦袋裡不知道裝些什麼東西的年輕人。

從第一眼他就已經知道，杜軒和自己是完全相反的兩個人，真正接觸過後他發現杜軒比他想像得更加不同。正因為如此，他才會被杜軒吸引。

他的那份「獨特」，讓他覺得杜軒身邊遠比地獄任何一個角落都要來得溫暖。

「說說你真正的想法吧，夏司宇。」

「……你為什麼想知道？」

「就當作是你一直保護我的酬勞。」

「你真是……也只有你會說出這種話來。」

夏司宇笑著。

在杜軒眼裡，這是他看過夏司宇的所有笑容中，最接近真實的他的一次。

夏司宇輕輕聳肩，用輕鬆平常的態度說道：「如果你不嫌煩，我可以一直陪著你，就算是要我爬到地獄深處也沒差。」

他突然這樣講，反倒讓杜軒露出茫然的表情。「陪我？什麼意思？」

「你現在可是要去跟同類自相殘殺，雖然我知道你有十足把握，但結束後你會回到哪裡，我大概猜得出來。」

「呿！別瞎說，我都還沒決定好呢。」

「最好是，你以為你說謊能騙得過我？」

「……行行行，你高興就好。」杜軒聳肩，大剌剌地說：「既然你說要跟著我，那我就會實現你的願望。」

「嗯，我等著。」

夏司宇不覺得杜軒會隨便許下承諾，而且在這個時機點問他這些問題……也就是說，他想做的事情恐怕跟他想得差不多。

「事情結束後，這個世界會恢復原狀嗎？」

「會，別忘了『管理人』的能力。」杜軒皺眉，「它就是因為知道才放任『那傢伙』跑到『上層』來搗亂，反正只要取回所有靈魂碎片，『管理人』就能重新掌控所有靈魂的配置，讓這些被捲進來的無辜靈魂回歸正常。」

「意思是它會收拾爛攤子就是了。」

「哈！你這麼說還滿貼切的。」

夏司宇看著黑漆漆的街道，覺得有些惋惜。

一次也好，他真想看看在燈光炫爛之下、充滿生氣勃勃的城市是什麼樣子。

／

杜軒接著來到的是醫院。

這讓夏司宇有些意外，因為他沒想到「黑影」居然躲在這裡。

「大部分的『門』都在這裡，因為這裡是靈魂最常進出的地方。」

「呃、可以理解。」夏司宇摸著下巴，看著眼前慢慢打開又慢慢關起來的自動門，「這裡居然還亮著燈這點滿讓我意外的。」

「畢竟是醫院，本來就有自動發電機，就算遇到停電狀況也不會完全停止供電。」

「就這樣直接走進去？你都不考慮有沒有危險嗎？」

「嗯，反正『黑影』知道我們在這裡，躲躲藏藏也只是在浪費時間。」

夏司宇趁自動門打開時壓住，讓杜軒走進去之後，自己也跟著進入醫院。

醫院裡有很多人，大部分的人都還維持自殺前的狀態，只有少數幾個全身是血的人倒在地上，很顯然是沒能順利在遊戲空間裡保住小命的輸家。

醫院雖然滿大的，但因為這些人形成的障礙，反而不太好走。

杜軒並不對此感到困擾，反倒熟門熟路地來到三樓的手術室樓層。

夏司宇原本以為很快影子或是怪物就會有動作，但事實並非如此，一切都很安全順利，就連進入恢復室的時候都沒發生任何事。

但，在踏入恢復室之後情況就變得不同了。

突然驟降的溫度、明顯與外面相反的昏暗空間、以及趴在那些躺在病床上休息的人身上的影子們——

吧唧吧唧的咀嚼聲清晰地迴盪在病房內，伴隨著這些影子們啃咬的動作，不用想也知道這些傢伙到底在這些病人身上做什麼。

在杜軒和夏司宇進入後，它們也沒有停止啃咬的行為，奇怪的是，它們並不是把這些人的血肉吃下肚，只是單純地將人們撕爛而已。

夏司宇站著不動，就怕一個小動作驚擾這些影子，但仍緩慢地將手挪到槍套上。

杜軒看到後，將他的手往下壓，轉頭盯著安置在恢復室正中央的輪椅。

「喂，還在那邊裝什麼神秘？你這臭小子早就知道我會過來對吧。」

他一開始說話，像是在自言自語，因為輪椅那邊什麼也沒有，也沒人回應。

不過，那些啃咬人體的影子們停止了動作，慢慢把頭轉過來盯著他們看。

這些影子和以前見到的靈魂碎片不太一樣，它們沒有臉，身體細長到不像人類，而且也感受不到「能力」的存在。

杜軒知道夏司宇心裡有疑問，便輕輕扯他的袖口，小聲解釋：「那些是被併吞『能力』的靈魂碎片，就只是單純的傀儡而已，和之前遇到的不同。」

「哈，還有這種？」

「……我們基本上不會這樣對待同類，那傢伙應該也是被逼到沒辦法才這樣做，因為它回不去，而且也沒有把所有靈魂碎片帶過來。」

「意思是有些被他吞噬的靈魂碎片還留在遊戲空間？」

「對，不過跟被他帶來的這些相比，那些靈魂碎片還比較幸運。」

「說得也是。」

看到這些影子的姿態後，夏司宇不得不認同杜軒的結論。

「黑影」真的瘋了，它到底想幹什麼？

即便把自己逼成這樣也要來到「上層」，究竟除了毀滅同類之外還有什麼意義？

「那東西真的是個瘋子，不過也表示它已經被逼到沒有選擇。」

「……什麼意思？」

「意思是我們很快就會見到它。」

杜軒話剛說完，這些影子又繼續開始啃咬病床上的人們。

原本空蕩蕩的輪椅上，出現一個陌生的女人，她優雅翹起二郎腿的姿態，將她的完美身體線條完全展現出來，但那張臉卻是如木頭人般，沒有任何表情，兩眼瞪得大大的，視線完全沒有對準他們的臉，就只是呆呆地盯著正前方。

與其說這是個「人」，倒不如說是有著人肉身軀的女性人偶，就像是展示窗會擺設的人體模特兒。

女人沒有任何反應，但從她的身上，杜軒感覺到屬於「同類」的氣息。

忽然，夏司宇感覺到身後有「視線」盯著他們看，便慢慢轉向背後。

一個個與女人同樣面孔的人體模特兒，不知道什麼時候站在他們身後，她穿著護士服裝，手裡拿著診斷書，看起來就像個真正的護士。

不僅如此，人體模特兒的數量還在增加，而且總是在他們的視線死角裡憑空冒出來，什麼也不做，就只是靜靜地站在那。

「喂……這些傢伙到底想幹什麼？」

「人多勢眾吧。」杜軒聳肩，「不過沒什麼用就是了。」

杜軒伸手從旁邊的醫療台上拿起耳溫槍，將它當作重物直直扔向輪椅上的女人。

原以為永遠都不可能有動作的女人，迅速將手舉起來，穩穩接住杜軒扔過來的東西，並單手將它捏碎。

耳溫槍成為碎片，從女人的手裡掉下來。

女人站起來，關節發出很明顯的嘎嘎聲響，迴盪在只有啃咬聲作為背景的恢復室裡，格外可怕。

她一抬頭，原本不會滾動的眼珠子立刻轉過來盯著杜軒看。

杜軒知道她想幹什麼，馬上開口提醒夏司宇：「別被抓到了！」

夏司宇雖然沒懂，直到手臂被站在身後的人體模特兒抓住後，才明白杜軒這句話的意思。

他迅速將手抽回，但是人體模特兒的手卻抓得很緊，而且還在持續用力，不管他怎麼掙扎都沒有辦法掙脫。

杜軒見狀，便迅速從胸包裡拿出刀片，狠狠插進人體模特兒的眼珠子裡。

人體模特兒的眼眶流出紅色的濃稠液體，接著它便鬆開手，夏司宇就趁這個機會趕緊甩開它。

「這是怎麼回事？」

「它的眼珠子是真的人眼。」杜軒邊說邊把刀片拔起來，甩掉上面的鮮血，繼續解釋：「這些人體模特兒都有一部分是真的人體，只要把它破壞掉就能讓它們失去控制。」

就像杜軒說的，被刺破眼珠的人體模特兒再也沒有動靜，就像是「恢復原本的樣子」一樣。

至於其他人體模特兒，則是同時抬起頭凝視兩人，雖然面無表情，但他們卻可以明顯感覺得到透過視線傳來的怒火。

看樣子它們之間關係不錯，攻擊它們的同伴就會讓其它隻不爽。

「原來如此，那就簡單了。」夏司宇在聽到杜軒的解釋後，露出笑容，並拔出軍刀，「只要不是沒有弱點，我就可以處理。」

「嗯。」杜軒點點頭，轉頭看向輪椅位置，「我去對付那東西，剩下的交給你。」

「……你一個人沒問題？」

「沒問題，我看過所有『未來』，所以知道該怎麼做。」

「小心點。」

即便知道杜軒有預知能力，知道會發生什麼事，但還是沒辦法不去擔心他。

杜軒沒把夏司宇的擔憂當回事，自顧自地走向女人。

他毫不畏懼女人，或許是因為他知道會發生什麼，又或者是因為能感覺到她身上傳來的氣息，知道她的本體是什麼樣的存在，所以一點害怕的念頭也沒有。

「這是我們第一次這樣面對面好好說話，對吧？黑影。」

『……黑影？啊啊……是你們給我取的那個奇怪稱呼嗎。』女人的嘴沒有動，但是卻傳出低沉沙啞的男聲。

「不喜歡我可以換一個。」

『用不著，名字對我們來說沒有任何意義。』

女人的氣魄明顯和以前相比，掉了不少。

不知道是不是因為力量被強迫削減的關係，或者是它明白自己阻止不了已經看透未來結局的杜軒，所以認為沒有必要繼續再像之前那樣給予壓迫。

如今的「黑影人」，終於是個能夠好好跟人溝通的對象。

耳邊仍有那些咀嚼人肉的聲音，但兩人卻彷彿沒有聽見，持續交談下去。

『你難道不怕我吞噬你的能力？』

「就算你有辦法做到，但我也知道怎麼做可以防範。」杜軒指著自己的腦袋瓜說：「『預知』能力有多麼好用，你應該很清楚才對。」

『……你想說什麼？』

「我有一千種能夠阻止你的方法，但比起直接對你出手，我更想知道你為什麼要這麼做。」

「預知」能夠看透未來，但是卻無法聽見人心。

在他看到的所有未來之中，黑影人直到最後都沒坦白自己的目的，杜軒盤算著，若是能夠明白理由，或許能夠讓這次的未來變得不同。

沒想到，他的提問卻換來對方的一陣大笑。

笑聲就像是很多人的說話聲交疊在一起，充滿雜訊，聽起來卡卡的。

「別顧著笑啊你。」

『你這傻子，到底想改變什麼？』

「當然是想辦法讓所有人都活下來。」

『哈！所以我才跟你們這些靈魂碎片合不來。』女人伸出手，直接掐住杜軒的脖子，並慢慢把他的身體舉高，**『我才不需要你的憐憫，我需要的，只有你的能力。』**

「咳、咳咳咳！」

杜軒被掐到難以呼吸，臉色發白、嘴唇變紫，眼淚不由自主地從眼眶裡流下來。

夏司宇遠遠看到杜軒這邊的情況後，二話不說立刻掏出手槍，開槍擊中女人的手腕關節。

人體模型被打穿一個洞，手也因為關節失去作用而將杜軒鬆開。

杜軒向前曲身，大力咳嗽，但他沒有時間喘息，立刻反握手裡的刀片，狠狠插進女人的胸口。

女人的身軀發出嘎嘎聲響，接著就完全停止動作。

然而，從她的肩膀與頭部慢慢冒出黑色煙霧，並且形成人體形狀。

『該死的靈魂——』

碰。

第二聲槍響，將那才剛剛開口說話的人影打散。

它像是晃蕩的影子，零散地飄動後再次恢復人形，而這回它完整地站在杜軒面前，黑漆漆的臉上，只有垮下的嘴角，不用想也能知道，此時此刻它非常不高興。

夏司宇根本不管它的心情好不好，又直接朝它開兩槍。

這兩發子彈貫穿黑影人的身體，雖然沒有造成傷害，但恢復的速度卻明顯變慢。

不只是夏司宇注意到這點，黑影人也察覺到了。

『子彈……原來如此。』黑影人垂頭盯著身體的兩處子彈貫穿痕跡，**『你用你的靈魂作為武器，就只是為了消滅我？』**

杜軒坦然回答：「沒錯。」

想要消滅黑影人，就必須利用分割同類的靈魂所製作的武器來進行。

他雖然什麼都沒有講，但夏司宇彈夾內的子彈，確確實實是他的靈魂。

分散靈魂到子彈裡沒有什麼感覺，可是這麼做會削弱自己的能力和壽命，當然——這些事情杜軒一個字都沒透漏給夏司宇。

要是夏司宇知道的話，絕對不可能允許他這麼做。

但，只有這個辦法。

「繼續開槍！」

在杜軒的命令下，夏司宇又開了兩槍，但這回子彈並沒有打中黑影人，而是擊在突然撲過來擋槍的影子身體上。

與黑影人不同，影子在被子彈貫穿的瞬間就粉碎，而這樣的結果也在杜軒的預料之中。

他趁黑影人把注意力放在夏司宇身上，操控其他影子過來作為盾牌的時候，張開手臂衝過去，一把將黑影人抱住。

原本不該有實體的黑影人，怎麼樣也沒想到杜軒竟然碰得到自己，直到他感覺自己正在慢慢陷入杜軒的體內，頓時恍然大悟。

杜軒並不是用「身體」抓住他，而是用靈魂——他正在吸收自己！

『你、你在做什麼！』

「做你最擅長做的事。」杜軒勾起嘴角，打死不肯鬆開手。

黑影人總算明白杜軒的目的，同時旁邊那些啃咬人肉的影子全都撲過來，想要攻擊杜軒，把兩人分開，可是已經解決完人體模特兒的夏司宇卻立刻出現在杜軒身旁，開槍將這些影子消滅。

彈夾清空後，杜軒也已經把「黑影人」吸收了大半。

「黑影人」眼看情況不對，使用了能力。

當杜軒意識到的瞬間，立刻鬆手放開「黑影人」，同時也發現掛在胸口的包包被腐蝕掉沒剩多少。

毀損的胸包掉落在地上的同時，杜軒被夏司宇揪住後領，用力往後拉過去。

他看見夏司宇把手槍伸向自己，很有默契地握住槍托，接著夏司宇就直接這樣抓住他的手對準「黑影人」連續開槍。

子彈大多都打在其他影子上，但仍有三發貫穿了「黑影人」。

「黑影人」的影子變得殘碎不堪，搖搖晃晃的。

原本一切都很順利，眼看著能夠趁「黑影人」狀態不佳的情況下將它消滅，然而「黑影人」就像是想要做最後掙扎，突然化為煙霧型態，直衝向兩人。

它同時貫穿了杜軒和夏司宇的身體，這種感覺很奇怪，就好像有風直接灌入體內一樣。

杜軒閉起眼幾秒鐘後，慢慢睜開。

那隻握槍托的手突然用力抽走，轉而將冷冰冰的槍口貼在杜軒的太陽穴上。

對於這突如其來的狀況，杜軒並沒有感到很訝異。

「黑影人」也是。

靈魂碎片無法吞噬同類之外的靈魂，所以它只是強行把夏司宇的靈魂趕出身體並佔用它而已。

他並不擔心夏司宇的靈魂，因為他知道它在哪。

面對手槍的威脅，杜軒十分冷靜地將身體向下蹲低，並用手肘重擊夏司宇的腹部。雖然兩人有體格上的差異，但人體的脆弱位置他卻是一清二楚。

夏司宇狼狽地往後退了兩步，杜軒趁這個機會衝上去抓住他的手臂後，使出全身力氣用肩膀將他高高撐起後用力往下摔。

「痛……」

杜軒一句話也沒說，但那雙直勾勾看著夏司宇的眼睛，卻炯炯有神。

就像是現在在這具身體裡的人，不是原來的杜軒而是其他人似的。

佔據夏司宇身體的「黑影人」並沒有發現這點，它憤而從夏司宇的身體裡鑽出來，轉而直接撲進杜軒的體內，打算用強迫的方式和杜軒硬碰硬，把身體奪過來。

然而當他進入這句肉身時，它卻沒有發現任何靈魂。

回過神來的時候，「黑影人」已經完全融入杜軒的肉身，慌忙之中的它抬起頭，第一眼看見的，是高舉起的軍刀快速往自己眉心插下來的畫面。

銳利的軍刀劈開了杜軒的頭蓋骨，牢牢插在他的頭上。

杜軒瞪大雙眸，倒在地上抽搐，幾秒鐘之後完全停止不動。

胸口不再起伏，水汪汪的眼睛也失去了光芒。這具身體已經是失去靈魂的空殼。

夏司宇看著旁邊的影子慢慢消失，凝視著只剩自己一人的恢復室，對躺在地上的杜軒說道：「我們『下面』見。」

伴隨著電子手錶傳來嗶嗶聲響，夏司宇慢慢走向輪椅，坐在上面。

他慢慢閉起眼，結束了杜軒交代給他的「任務」。

第十夜

管理人（下）

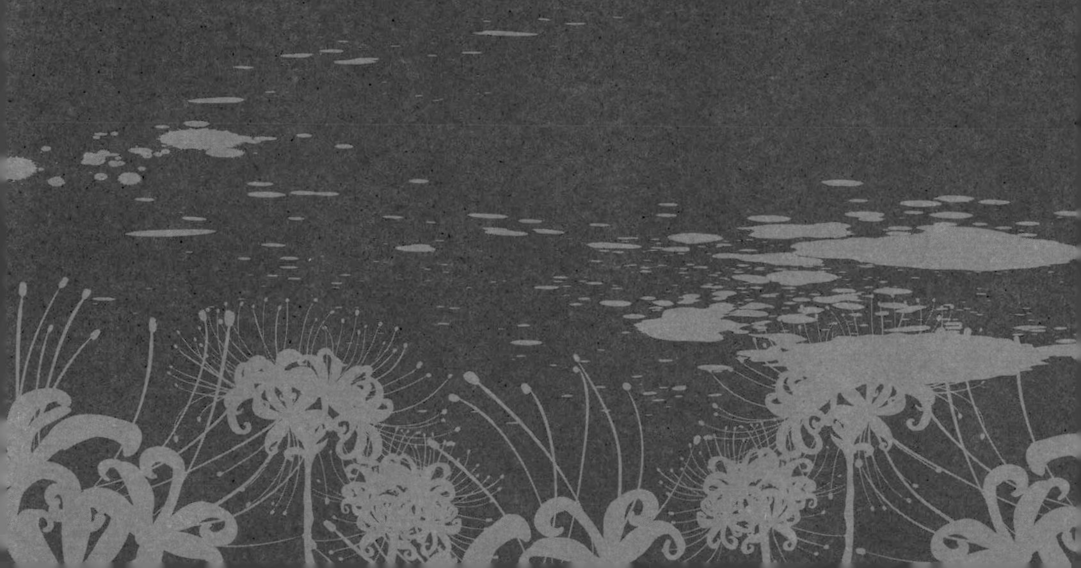

在前往醫院的路上，杜軒將自己的計畫告訴夏司宇。

他沒有確切告訴夏司宇自己所預知到的未來，只是單純告訴他該怎麼做而已，夏司宇雖然覺得這樣有些不妥，但他還是願意相信杜軒做出的決定。

「『黑影人』會想辦法搶走我們的身體，到時候別跟他搶。」杜軒十分認真地解釋，就像是老師在指導學生一樣，「人體是沒有辦法同時容納兩個靈魂的，所以不要跟它硬拚。」

「聽上去你很確定它會這麼做。」

「嗯，一定會。不過他會先搶你的身體，因為你的身體接近死亡，靈魂和肉體之間的連結性並不強烈，所以他會用你的身體來攻擊我。」

「那我該做些什麼？」

「什麼也別做，你只要在它離開你的身體那瞬間進到我身體來就好。」

「這樣的話你不就——」

「別擔心，我不會有事。」杜軒繼續說：「你只要隨便攻擊、惹怒它就好，比起我，你在被挾持的情況下比較有反擊能力，所以我才會這樣做。」

接著杜軒告訴夏司宇，發火的「黑影人」會接著強行奪走「杜軒」的身體，在它離開夏司宇身體的那個瞬間，夏司宇只需要立刻回去後朝他的身體開槍就好。

「你的意思是要我開槍殺了你？」

夏司宇不明白杜軒為什麼要做這種自殺行為，但杜軒的表情卻很認真，似乎一點也不在意自己的身體。

「你沒有殺了我，你殺的是黑影。」

「但那是你的身體，難道你不想留在『上層』？」

杜軒聳肩，「在知道自己是誰，還有這麼多事情後，我已經沒辦法回到以前的生活了，『管理人』也知道……所以它早料到我會放棄原本的生活。」

「哈——」夏司宇單手插腰，大嘆一口氣，「行吧，反正我已經答應過不管去哪都會陪著你，既然你已經做好決定，那我也不會再說什麼。」

剛開始夏司宇還有些遲疑，可是當他望著杜軒那雙堅定的眼神後，便不再猶豫。

於是，所有事情都朝杜軒所希望的方向前進，而最後他也照著杜軒的要求，開槍殺死了這個男人。

由於是在活人的肉體內死亡，依照定論，靈魂會墜落於遊戲世界，成為徘徊在裡面的「死者」。

死者是被「管理人」所控管的靈魂，也因為如此，「管理人」再次擁有控制黑影靈魂的權限，黑影再次被納為「管理人」的管理之下，它沒有消失、能力也沒有被剝奪，但是卻失去了自由。

這個充滿著靈魂與死亡氣息的世界，被「上層」的人們稱之為地獄，而在肉體完全死亡之後，杜軒也墜落於此。

他漂在水面上，面朝上仰望著黑色星空，熟悉的感覺、熟悉的天空，杜軒知道自己成功回到這個滿是死亡的遊戲空間了。

啪嗒、啪嗒。

拍動翅膀的聲音從岸邊傳來，那裏有一棵巨大的柳樹，樹枝低垂，輕輕碰觸著水面揚起一陣陣漣漪，就像是在彈奏音樂。

杜軒起身，明明背後剛才還泡在水裡，但是卻完全沒有溼。

樹上有隻黑色混濁的小鳥，牠的眼睛呈現白色空洞，直勾勾的看著他，沒幾分鐘後，又有幾隻同類飛過來，停在那棵樹上，沒過幾秒鐘時間，樹上就已經滿是小鳥。

剛開始杜軒以為這隻小鳥是「管理人」，然而當他看著數量多到不可思議的情況後又茫然了，因為這些小鳥怎麼看都不像是那個不講理的「管理人」。

「做得挺不錯的嘛你。」

「管理人」的聲音突然傳來，這次是在左手邊。

杜軒轉過頭，看到的是體型比樹上那些小鳥還要稍微大個兩倍左右的黑鳥。

這隻小鳥的眼睛不同，是有實體的黑色眼珠，正靈活地轉來轉去。

「說真的，我不太想被你稱讚。」杜軒皺眉露出反感的表情，隨後問道：「樹上那些是什麼？靈魂嗎？」

「是我們的同類，其中有部分是被吞噬的那些靈魂碎片。」

「所以我把黑影殺掉後，其他靈魂碎片也自由了？」

「嗯，因為重新落入我的掌控，所以我能把其他靈魂碎片分解出來。」

「那黑影也在這群小鳥裡面？」

「它不在這裡，你想看看它現在是什麼樣子嗎？」

黑色小鳥笑著回答，這讓杜軒突然有種不祥的預感，立刻拒絕。

總覺得現在「黑影」的狀態，肯定沒有好到哪裡去。

「算了，我對它沒興趣。只要知道它不會再突然冒出來殺我就好。」杜軒搖搖手，帶著些許擔憂的心情再次確認：「應該不會再冒出什麼問題了吧？」

黑色小鳥點點頭：「是的。雖然結果和我所看見的不太一樣，但你還是成功把『奪取』帶回來，這樣你的任務就完成了。」

聽到牠這麼說，杜軒不由得冷哼。

「你是打算讓夏司宇當這個替死鬼吧，我才不想讓你隨隨便便犧牲掉他。」

黑色小鳥打從一開始就想犧牲掉夏司宇，一開始會裝成打火機跟在夏司宇身邊，並引導他和自己相遇什麼的，全都是為了最後一步。

牠謊稱讓夏司宇待在他身邊是為了保護他不被黑影吞噬、攻擊，但實際上卻是想讓夏司宇成為容器，並在裝入黑影的靈魂後將他殺害。

因為夏司宇本來就是死者，無法復活，所以黑色小鳥配合梁宥時的力量讓夏司宇「暫時」活過來的理由，就只是想殺了他。

反正就算最後沒成功，夏司宇的身體也會死亡，不如就利用到最後——這是黑色小鳥心裡打的如意算盤，但他可不會跟這隻鳥同流合汙。

之前說什麼想讓夏司宇「幫忙」，根本就不是這回事，虧牠還能睜眼說瞎話，一臉沒事樣地出現在他跟夏司宇面前這麼多次，早知道就該烤了牠。

杜軒看過許多未來，但都沒有找到能讓他們兩個人都活下來的選擇，所以他決定不讓夏司宇成為黑色小鳥的棄子，他想保護這個一直在保護他的男人。

他比誰都清楚夏司宇的好，所以他絕對不會放任黑色小鳥利用夏司宇的軟心腸。

黑色小鳥聽見杜軒的抱怨後，眨眨眼，將頭往旁邊歪成九十度。

「你這是對他產生感情了嗎？明明只是個死者而已，根本不需要可憐他。再說，你使用過預知的話，應該知道我安排那個男人在你身邊，就是為了讓他成為傀儡，反正也是終究會死亡的身軀，根本不需要在意。」

「看，這就是我跟你之間的差異。」杜軒指著牠再指向自己，「你只是個靈魂，即便擁有那些特殊能力，讓你能夠在這裡像個神一樣生活，但你卻沒有人類該有的基本感情。」

「因為本來就不需要。」

「……跟你說話完全是對牛彈琴。」

「我是鳥……」

杜軒放棄和「管理人」辯論，他拍拍屁股起身，「總之，我現在已經決定和夏司宇一起留在這裡，所以我也是個死者了。」

「是的，這是你的選擇。」黑色小鳥用翅膀遮住鳥喙，偷笑道：「不過我要稍微修正一下你的說詞，因為你並沒有成為死者。」

「呃、什麼意思？」

「擁有能力的靈魂不可能是死者，你的靈魂本來就和其他靈魂不同，你只是回到原本該回來的地方而已。」

杜軒搔頭髮，聽起來真的很複雜，不過他大概明白黑色小鳥的意思。

「那麼現在要怎麼辦？『管理人』的中樞控制系統又要把我當玩偶一樣操控嗎？」

「……雖然我不知道你在擔心什麼，但，並不是這樣的。」黑色小鳥攤開翅膀說道：「管理人本來就不是單一靈魂，只不過以前大家都很受控而已，現在擁有自我意識的靈魂碎片增加……所以沒辦法再像之前那樣做。」

「這是什麼意思？」

「我必須想辦法慢慢修復那些被吞噬的靈魂碎片，所以沒有閒情逸致再擔任『管理人』的大腦。」

「你該不會是想要把這些工作丟給我吧！」

黑色小鳥笑盈盈地回答：「讓擁有預知能力的你成為大腦，沒什麼不好。」

「搞什麼！我才不——」

杜軒才想拒絕，但黑色小鳥卻已經拍翅飛起，眨眼速度消失在黑夜中，完全不給他抱怨的機會。

杜軒張著嘴愣在原地幾秒後，氣得跳腳，對著天空大喊：「臭鳥！你給我回來！別又給我搞消失！」

很顯然，他別無選擇。

就在他氣得咬牙切齒，滿腦子想著吃烤小鳥的時候，有隻手伸過來，輕輕從背後拍了一下他的肩膀。

「嗚哇！」

杜軒完全沒注意到對方，嚇到整個人彈起來。

他回頭一看，沒想到竟然是夏司宇。

原以為回來後要花點時間才能找到夏司宇的杜軒，驚訝不已。

「怎麼這麼快？你是怎麼找到我的！」

「我一回來就看到你在這裡了。」夏司宇聳肩回答，「總感覺你身上好像有專門吸引我的磁鐵，不論你在哪，我都能立刻就發現你的存在。」

聽他這麼說，杜軒只覺得雞皮疙瘩掉滿地，因為他隱約覺得這根本就不是什麼命中註定的相遇，而是梁宥時暗中幫的忙。

照黑色小鳥剛才說的意思來看，徐永遠和梁宥時應該也和他差不多立場，也就是說他們三個都被那隻臭鳥推了管理工作職責。

原以為成為死者後可以悠哉玩樂，或是像以前那樣和夏司宇去兜風、旅行之類的，結果怎麼還是跟他活著的時候沒有不同，仍要面對工作。

既然梁宥時能夠把夏司宇送到他身邊，那就表示──他正暗中盯著他們看。

想到這個可能性，杜軒便雙手叉腰，對著天空大喊：「梁宥時！我們聊聊。順便把大叔和徐永遠也找來，我們幾個現在都是同條船上的人，我想你應該不會拒絕吧？」

比起那隻沒良心的黑色小鳥，他還是覺得這些夥伴更值得信任一點。

更何況，他還有些事情想要問清楚。

就在杜軒提出要求後沒過幾秒鐘，杜軒所站的水面出現一扇門。

門貼在水面上，並慢慢由內部打開。

裡面一片雪白，什麼也看不見，跳下去的話也不確定什麼時候會落地，但杜軒卻沒有半點猶豫，拉住夏司宇的手直接跳進去。

兩人進入門之後，門便自動關閉，並隨著水面晃動慢慢消失，像是溶解在水中一樣。

樹上的黑色小鳥仍盯著杜軒離開的地方看，牠們呆滯、沒有任何情緒起伏，明明活著，但卻又像是玩偶，完全癡呆。

過段時間，其中一隻小鳥拍翅起飛，其他小鳥也跟著飛入空中。

寧靜的空間只剩下翅膀拍打的聲音，並隨著小鳥的遠去而漸漸變得越來越小聲，直到完全聽不見為止。

／

杜軒沒想到進入門之後身體就直接向下墜落，而且離地面還有段不小的距離。

他嚇得臉色發白，即便知道自己現在是「死者」，仍會下意識地對眼前的危險產生死亡的恐懼。

突然，他的身體在接近地面幾公尺距離的時候，夏司宇從背後抓住他的腰，安然無恙地扶著他踏在地上。

杜軒心跳得飛快，面無血色地趴在夏司宇的胸前，雙腳癱軟沒有力氣，只能無助顫抖。

現在的他看起來就像是剛出生的小鹿，有夠笨拙愚蠢的。

「梁……梁宥時！」

「噫！」

梁宥時害怕的聲音從後面傳來，杜軒抬起頭，雙眸像是能噴出火。

要不是他現在還沒恢復力氣，早就衝過去揍人了！

「你就不能用點正常的方式把我們帶過來嗎！」

「抱、抱歉，真的很抱歉！」梁宥時搓著手，急急忙忙為自己辯解：「我之前用太多力量了，所以有點沒辦法控制門的位置。」

「就算是這樣也——」

杜軒話還沒說完，右邊的湖水傳來物體墜落的聲響。

啪噠一聲，湖水整個往空中炸開，就好像是剛被炸彈炸過似的，到處都溼答答。

沒過多久，水裡就走出兩個狼狽不堪的男人，而他們也很有默契地朝梁宥時投以怒目。

梁宥時被嚇得冷汗直冒，明明墜落湖裡的不是他，身體看上去卻比那兩個男人還要溼。

「你這臭小子！突然之間搞什麼？」

「嗚哇！別、別打我！」

梁宥時一看到戴仁佑捲起袖子朝他衝過來，立刻溜走。

看著眼前繞著大樹跑的追逐戰，杜軒突然生不起氣來，因為惹火戴仁佑比惹火他還麻煩，梁宥時這是自討苦吃，他才不會可憐那傢伙。

不過，梁宥時剛才提到自己用太多力量這件事，估計就是黑色小鳥讓他使用力量，開啟前往過去的通道，把在戰場上死亡的夏司宇的肉身帶回來，再利用「回歸」的力量暫時修復，好讓夏司宇的靈魂能夠進入。

雖然只是短暫三小時，可是夏司宇確實「活」了過來，只是這個方法細想起來真的就像是不把人命當回事，這令杜軒很不滿。

他本來就想因為夏司宇的事情，打算親手扁梁宥時一拳，不過現在他正被戴仁佑揪住領口、用力拉扯臉頰，看著他痛到飆淚的表情，還有變得越來越鬆垮的臉皮，杜軒心情稍微好轉一些。

「你看起來心情不錯的樣子。」擰乾長髮的徐永遠走過來，他看著杜軒跟夏司宇，露出笑容，「看樣子你這邊進行得很順利。」

「嗯，我殺死黑影並讓它回來這裡了。」

杜軒說著，並把之後從黑色小鳥那邊聽來的話一五一十告訴徐永遠。

徐永遠臉色平靜地聽完後，聳肩道：「牠還真懂得規避責任。」

「是不是！」

「算了，你也別想太多。那隻鳥沒跑來見我而是跟你說這些話，估計也不是認真的。」徐永遠邊說邊輕拍杜軒的肩膀，從態度看起來非常肯定自己的猜測。

杜軒有些茫然，皺眉問：「……什麼意思？」

難道他有漏掉什麼重點？為什麼徐永遠看上去一點也不擔心或煩惱？

讀出他心中困惑的徐永遠笑道：「從牠會突然跟你說那些話就可以知道，牠只是暫時沒辦法管理而已，我想牠應該之後就會乖乖回到原本的工作崗位。」

「那牠幹嘛故意跟我說那些話？」

「估計是想告訴你牠會有段時間沒空，牠應該是要去修復其他靈魂碎片，而我們的話……從牠沒有把我們吸收回去的結果來看，讓我們自由過自己想過的生活，就是幫助牠阻止黑影的酬勞。」

「自由過自己想過的生活……」

杜軒嘴裡喃喃重複著這句話，雙眸頓時閃閃發光，握緊拳頭對夏司宇說：「你聽見沒？我們可以到處去玩啦！」

夏司宇見杜軒這麼興奮，不由得冷汗直冒。

「你還真是樂觀。」

「什麼樂觀！這樣不是超爽的？不用工作也不用怕餓肚子，也不用繳一大堆帳單，只要到處玩樂就好，而且我現在是死者，怪物也不會攻擊我！」

夏司宇和徐永遠對看一眼，同時露出無奈的苦笑。

是啊，他們差點忘記杜軒就是這種奇怪的傢伙，腦袋裡的想法和其他人完全不同，即便他是靈魂的碎片，本就屬於這個地方，但是難道他一點都不想念「上層」的生活？

想到這點，夏司宇忍不住朝徐永遠看過去。

徐永遠讀出夏司宇的想法，哈哈笑道：「別看我，我還沒死呢。」

「你能感覺得出來自己還活著？」

「嗯，不過估計也撐不了多久吧。」徐永遠說的話雖然聽起來很沉重，但本人卻一點也不感到可惜，甚至早就已經看開，「我待在這裡的時間太久了，久到我的肉體再過沒多久就能永遠沉睡下去。」

「之前我沒問，但本來就有點好奇了。」杜軒第一次聽徐永遠主動說起自己的事，便抓住這個機會追問：「你是生病或是植物人之類的嗎？」

「哈！你會這樣想也是理所當然。」徐永遠摸摸杜軒的頭回答：「都不是，雖說活人靈魂都是停留在死前那一刻，但也是有時限的。像我這樣已經不知道過多長時間的活人靈魂，在『上層』的身體大概已經進入假死狀態，大致上也只是仰賴儀器存活，所以我想應該過不了多久，我的身體就會死亡了吧。」

「那你之後也打算跟我一樣？」

「……不，我沒你那麼悠哉。」徐永遠盯著梁宥時說道：「我會先暫時跟那傢伙待在一起，他的力量比較棘手，而且才剛透過『管理人』的幫忙重新找回能力，所以他的身邊需要人幫忙。」

黑色小鳥如今要去修復其他靈魂碎片，以及去處理重新回到掌控中的「黑影人」，所以不可能像以前那樣有心力照顧他們，他們只能互相依靠。

「不過我想我應該會先稍微休息一下，你們在『上層』的那段時間，我跟戴仁佑還有那群傭兵可是戰鬥到快累死。」

「幸好你們都沒事。」

「當然不可能會有事，我的命可是很硬的。」徐永遠用拇指向後指著戴仁佑，「那傢伙的皮也夠厚，怎麼樣也死不了，所以根本不用擔心我們。」

「這麼說起來，蘇亞……協助我們的那些傭兵呢？」

「離開了。梁宥時安全地把他們送到其他地方去，『管理人』也給予了相對應的報酬。」

「報酬？」

「……他們有個被殺死的同伴，牠把那傢伙的靈魂修復了。」

「看來那隻鳥還有點良心。」

「這點我認同。」

徐永遠鬆口氣之後，抬起眼眸和夏司宇對上視線。

夏司宇的表情始終如一，沒有半點變動，這讓他有點不太爽，但透過讀心的能力卻又可以知道這個男人心裡什麼都沒在想。

是因為一切都結束了，還是說因為杜軒也成為死者，和他一樣，所以他不再像之前那樣對杜軒有著距離感，或是小心翼翼、就像怕珍藏的寶貝會被摔壞似的對待他，而是能用普通人交往的態度，好好與他相處。

突然，夏司宇的眉頭抖了一下，光是這樣小小的舉動，就嚇到了徐永遠。

因為夏司宇的眼神瞬間轉變得冷冰冰地，好像是在威嚇他別在盯著自己看。

徐永遠摳摳臉頰，覺得有點麻煩，於是果斷收回視線。

「你們倆保重，以後有機會的話還能再見的。」

「想見面的話就叫梁宥時帶你來找我就好。」杜軒一邊說著，一邊指向拖著滿頭包、鼻青眼腫的梁宥時走回來的戴仁佑，「反正你們會待在一起的，對吧？」

「哈，你還真會利用別人的能力。」

「反正不用白不用，這麼方便的能力當然要好好利用。」

「好，知道了。」

徐永遠給了杜軒一個拇指，表示同意。

戴仁佑一回來就見到他們似乎已經聊完天，整個垮下臉來。

「搞什麼！已經聊完了？」

「是啊大叔，誰叫你只顧著和梁宥時玩。」

「誰跟這傢伙在玩！他已經用那種討人厭的傳送能力整了我好幾次！」

「他只是不太會控制。」

「我聽他在——」

戴仁佑原本還想抱怨，但他卻突然鬆開拉住梁宥時衣服的手，直勾勾盯著杜軒，並迅速將臉貼近。

因為靠得太近，杜軒下意識往後縮起脖子，冷汗直冒。

「大叔，你突然之間幹什麼？」

「搞什麼？你也變成死者了？」

「沒錯，所以大叔你別貼我這麼近。」

杜軒邊說邊想把戴仁佑的臉推開，沒想到夏司宇的動作比他更快，直接大掌貼在戴仁佑的臉上，強行將人往後推遠。

「痛！我的鼻子！」

戴仁佑的鼻子受到強烈壓迫，鼻樑差點沒被折斷。

他氣急敗壞地摸著鼻子，用抱怨的眼神盯著夏司宇看，「你這傢伙搞什麼？我什麼都沒做欸！」

閉嘴。

「太近了。」夏司宇簡單三個字，搭配冰冷眼神以及黑臉，馬上就讓戴仁佑乖乖

戴仁佑煩躁地甩手道：「老子都陪你們到最後了還這樣對我，算了算了，老子不想繼續跟你玩下去。」

「哦，大叔終於要走啦？」杜軒一點也不留戀地揮手道別：「大叔掰——」

「臭小子，就不能稍微挽留一下嘛！做個樣子我也爽啊！」

「欸我才不要，超麻煩的。」

「你這沒良心的傢伙。」

「我是死者，死者哪來的良心。」

「好啊你，以後就別來找老子！」

戴仁佑說完後，踏著氣憤的腳步離開。

不過剛走三步他就又回過頭，抓起嚇昏過去的梁宥時拚命甩。

「小子！給我醒來！快把老子送走！」

雖然梁宥時被戴仁佑甩來甩去的樣子很可憐，不過杜軒卻不在乎。

他轉頭對夏司宇說：「再來想去哪？我們現在有一大堆的時間能用。」

夏司宇盯著杜軒看了幾秒後，回答：「哪都好，反正這裡是地獄，去哪都一樣。」

「但跟我一起去就會變得不同。」

「哈……」聽到他說的話，夏司宇不由得笑出聲。

乍聽之下很可笑的言語，從杜軒的口裡說出來卻能讓他深信不疑。

「你說得沒錯，跟你的話確實會變得很不一樣。」

「對吧？嘻嘻。」

杜軒將雙手收在身後，露出雪白的牙齒，以閃閃發光的笑容回應他。

那冰冷的眼神，終於在這一瞬間被溫柔融化。

這裡對死者來說是永無白晝的無盡地獄，可他現在卻不再這麼認為，因為他知道只要有杜軒在的地方，自己就不再是那隻受軍令拘束、冷血殺人的鬣狗，而是個叫做「夏司宇」的普通男人。

——《殺戮靈魂》全書完

後記

各位好，我是最近只想寫短篇懶得寫長篇的慵懶草。

最近商業小說的單本字數要求變得比較高，所以坑草在考慮要把所有坑的單本字數提升，不過單本字數改變的話等於整部作品的節奏都要重新去掌握、習慣，雖然可能需要花點時間，但坑草會努力找到節奏，好好練新的總字數稿量。等到習慣之後再來構思其他長篇故事，這樣也會變得比較順利一點，不會容易卡卡的。這是再來坑草要研究的部分，敬請期待（握拳）！

年初的時候坑草換了新電腦，終於能讓一起工作十年的原工作夥伴好好休息，然後和新歡（喂）一起繼續奮鬥下去。因為工作需求，所以新電腦裝了不少軟體，重點是螢幕變得比以前大很多很多，看影片、追直播之類的都變得好讚哦！之後打算來研究一下怎麼連ＰＳ５（快住手）。最近工作太忙都沒時間好好打單機遊戲，去年買的狙擊菁英到現在還沒打完嗚嗚嗚（大寫的悲），希望明年把稿債全部還完後能擠出玩遊戲的時間，不然我的人生真的只剩手遊了，超懷念手把的觸感啊啊啊！

感謝大家一路追《殺戮靈魂》來到完結篇，這部作品讓我認識很多新讀者，也讓我知道也有不少讀者喜歡這種黑暗戰鬥向的小說，能找到同好的感覺真好（愛心），因為坑草自己也很喜歡，所以能夠寫自己喜歡類型的題材真的很讓人高興。在《殺戮靈魂》結束後，接下來就是《遊戲結束之前》第二部以及新書。新書的部分是在朧月，沒錯就是ＢＬ向的，如果有喜歡這類型ＢＬ作品的讀者可以期待一下，預計下半年會上市。

最後，感謝購買並支持這本小說的你，如果喜歡的話請給予坑草支持，讓坑草能夠繼續寫下去。我們下本後記再見^^！

草子信

草子信ＦＢ：https://www.facebook.com/kusa29

高寶書版集團
gobooks.com.tw

輕世代 FW400
殺戮靈魂05(完)

作　　者　草子信
繪　　者　茶渋たむ
編　　輯　賴芯葳
校　　對　陳凱筠
美術編輯　彭裕芳
排　　版　彭立瑋
企　　畫　李欣霓

發 行 人　朱凱蕾
出　　版　三日月書版股份有限公司
　　　　　Printed in Taiwan
地　　址　臺北市內湖區洲子街88號3樓
網　　址　www.gobooks.com.tw
電　　話　(02) 27992788
電　　郵　readers@gobooks.com.tw（讀者服務部）
傳　　真　出版部　(02) 27990909　行銷部 (02) 27993088
郵政劃撥　50404557
戶　　名　三日月書版股份有限公司
發　　行　英屬維京群島商高寶國際有限公司台灣分公司
　　　　　Global Group Holdings, Ltd.
初版日期　2023年7月

國家圖書館出版品預行編目(CIP)資料

殺戮靈魂/草子信著.-- 初版. -- 臺北市：三日月書版股份有限公司出版：英屬維京群島高寶國際有限公司臺灣分公司發行, 2023.07-
面；　公分. --

ISBN 978-626-7152-94-2 (第5冊：平裝)

863.57　　112005186

三日月書版

三日月書版

GOBOOKS
& SITAK
GROUP©

GOBOOKS
& SITAK
GROUP ©